NISHIBE Susumu
statement 1

西部邁発言①

「文学」対論

古井由吉 vs. 加賀乙彦、辻原登、秋山駿

Susumu Nishibe, Yoshikichi Furui, Otohiko Kaga, Noboru Tsujihara, Shun Akiyama

論創社

西部 邁 発言① 「文学」対論 目次

第一章　古井由吉×西部邁

一　言葉の危機

古井由吉×西部 邁

司会：富岡幸一郎

牢獄にあった青春時代

西部　ご記憶かどうか、もうだいぶ前に古井さんと軽い接触があったんですよ。古井さんは昔からたくさんの文学賞をもらっておられるので何度目の受賞なのかわかりませんが、『中央公論』で……。

古井　ああ、ご一緒に。思い出しました（笑）。

西部　四十二、三歳の頃になるのかな、僕が吉野作造賞、古井さんが谷崎潤一郎賞で中央公論社から同時に受賞しているんですね。それで受賞パーティでお見かけした。その雑誌には「受賞の言葉」という枠があって僕も書いたんですが、古井さんの谷崎賞受賞の言葉を読んだら、御本人を前にしてあけすけに言うのは憚られますが、ともかく「ひゃあ、名文だ！」と思った。内容はよく覚えてませんけれど、こういう日本語というものがあるのかとえらく圧倒されました。僕も社会科学という不粋な分野では文章家と言われてたんですけれど（笑）、いやあ、参ったなと。それが最初の記憶だった。

ところがいまになって振り返ると、それよりずっと前、僕のほうには勝手に古井さんとの接触体験があるんです。僕は二十五歳で結婚したんですが、その頃、学生運動をやめて風来坊をやってまして、小説を読むなどという精神的余裕も好みもないときだった。でもかみさんが文学好きで、札幌から出てくるときに翻訳本を持ってきていたんですね。中央公論社かな、黒いカバーのチェーホフ全集があったので、眠れぬ夜に、主として短篇集を読んでたんだ。小説家を前にくどくど言うのも恥ずかしいから結論だけ言いますが、ものすごく面白かったけれど同時に、文学というかフィクションなるものの限界まできているような気がしてね。一言で言うと、神を信じられなくなった人間たちが、それでも神を求めて彷徨う、それがチェーホフの精神なのだと思われました。これでも高校生の頃から小説はちょこまか読んでたんですが、「ああ、これで小説を読むのはお仕舞いだな」と思ったんです。

でもその後しばらくして、ムージルの『特性のない男』全六巻（新潮社、一九六四年）を、やっ

ぱりかみさんが持ってきていたので、しゃあない、読んでみるかと。あの頃には「ムジール」だったと思うんですが、

古井　南ドイツからオーストリアではSが濁らないで澄むんです。それから、アクセントが「ム」にあるということで、今はムーシルと呼んでいるようです。

西部　まあ、読んでみたら、内容は覚えてないんですけれどえらく印象深かったんですね。ただ、古井さんがその翻訳にかかわっているとは僕のなかにテイクノートされなかった。ずいぶん経ってから、ああそうかと。

古井　僕は中篇小説のほうですけれどね。

西部　あれから数えれば四十年ぶりにようやくお会いしてることになる（笑）。

古井　それまで僕が何をしていたかというと、大学院を出てから金沢（大学）へ行ったんですよ。東京は高度成長期のただなかでしたけれど、あそこはまだ高度成長が及んでいない、無風地帯だったんだ（笑）。三年のあいだ、のべつ研究室に籠もりきりで、まあ、難しい本を読んでいたわけです。それから東京に帰ってきて間もなく、ブロッホとかムーシルの翻訳を任せられて、学校（立教大学）へ出るほかは朝から晩まで翻訳に取り組んでいた。

夏目漱石がロンドンから帰って何年目かに書いた『道草』（一九一五年）のなかにあるでしょう。若い学生と一緒に歩いている。と、つい先だって牢獄から釈放された女の話題になる。芸者をし

ていた若い頃に男を殺して懲役を二十年ばかしくらってた女なんです。すると漱石が、俺も同じだ、牢獄にいたようなものだ、学校と図書館の中で暮らしたんだから、と学生に言うんです。それを当時思い出して、ひょっとして俺もそれになりかけてるんじゃないかと（笑）。まさか作家ってものになるとは思ってなかった。どこか背を向けてたんでしょうね、高度成長の突っ走りに。一応は大学に勤めてるんだから少ないといえどもそれ相応の収入はある。だけど新聞も取らなかったし、ラジオもテレビもない二年くらいがありました。

西部　金沢は西田幾多郎の出身地ですね。その頃はまだ、哲学的な雰囲気はありましたか。

古井　それははっきり言ってございませんでした。ただ、学者を尊重する雰囲気だけ、あったんですよ。

西部　そういう意味じゃあ、やっぱり京都の出店みたいな場所ということですかね。

古井　ええ、昔の雰囲気の名残にはひたれた。ついでに酒呑みになっちゃったけど（笑）。

文体は個人のものにあらず

西部　僕はいい読者とは言えないけれど、古井さんのものはときどき読ませていただいていたので、今日はお会いできて嬉しいんです。というのもまず、古井さんは後藤明生さんたちと『文体』という季刊誌を出されていたわけですが（一九七七〜八〇年）、文体、スタイルとは何ぞやということとのなかに、古井さん独特の口調で、スタイルってのは個人のものではないんだとおっしゃっているんですね。及ばずながら僕も似たようなことを考えざるを得ないと思っていた頃に、古井さんの意見に会った。そのあと司会の富岡さんのインタビュー（『すばる』一九八九年。『作家との一時間』所収）の中でもそのことに言及されていますね。

古井　皮肉なことに、「文体」と名乗ったわけです。同人が四人いて、他の三人（後藤明生、坂上弘、高井有一）は、自分の文章の文体を頼みにしてる。編集後記で僕だけが言うのね、「文体は我々にはないんだ。ないところから出発してるのだ」と。

文体とは何か。西部さんがおっしゃったように、個人のものではないんだな。たとえば手紙の書き方に出るのが文体なんだ。公の文書を作るときに出るのが文体なんだ。小説もそこから始まってるはずなんですよ。ポーの『黒猫』（一九四三年）は陳述書の形なんですね。あれが文体なんです。「これから私が報告するところのことは……」と始まり、「ほとんどだれも信じてくれないだろう。しかし私は事実のほかは何も語らない」という調子です。昔の、たとえば異端の疑いをかけられた修道女が、やっぱりそういう文章で始める。僕は近代小説の原型はそれじゃないかと思ってるんですよ。ところが翻って我が身はといえば、そんな文体、持ってない（笑）。

西部　文学というよりも文芸評論方面で、ほとんど口癖のように「あいつには文体がある」とか「奴には文体がない」とか、小林秀雄まで戻れば「思想とは文体なり」という言い方がされている。

もちろんそれで構わないとも言えるけれど、そこで留めておくと、やっぱり文体というものが個人の個性と強く結びつけられすぎる。そのことに明確に異を唱えられたのは、僕の知る限り日本では古井さん、外国で言うと、僕が保守思想に近づく大きな一つの導きの糸になったトマス・エリオットなんですね。彼は晩年、かなり批評も書いていて、"Tradition and the Individual Talent"という批評文（一九一九年）の中で、インディヴィジュアル・タレント（個人の能力）というものは個人のものじゃないんだ、トラディションと関係があるんだということを、それほどいい文章とは思わなかったけれど、しかしわかりやすく書いている。言われてみればその通りだなと思った。

古井　文体が個人のものではないということは、僕は出発点から思ってる。というのも翻訳でだいぶ苦労したでしょう。原文にはスタイルがある。言ってみればスタイルを過剰に繊細に展開するわけだ。そのスタイルを踏まえて日本語に移すとき、現代日本語じゃあ苦しい。もっと現代日本語の元、古文や漢文の助けを借りないと訳せない。それでも翻訳の場合はまだ、仲介者でありました。それがいざ作家になって書くというときに何を踏まえたらよいのか。文体は自分のものじゃない、しかし自分のものではない文体、トラディションとしての文体を自分はさし当たって持っていない、少なくとも充分には持っていない、というところからの出発でしたよ。

西部　考えてみたら恐ろしい話で、エリオットも古代から現代まで大量の文献を、本当に読んだのかはいざ知らず、ともかく歴史上にあるさまざまな文体が我が身のなかに入れ替わり立ち替わり現れ、それを自分のなかでつなぎ合わせる、というんだからね。そんな努力なんてとても僕にはできないけれども、正しいやり方だなあと思う。

古井　たとえばカフカの小説にあるような、告発された場合でも、法律体系を考えて、そこから自分の弁明を割り出してくる。どうもヨーロッパというのは日本のように人工的に作られた近代ではなくて、近代以前のものをいっぱい引きずってるわけです。それは法律の中にもある。それがおそらくスタイルですよ、時代の法律のスタイル。それをすべて弁《わきま》えないことには自己弁明もならないようで。

西部　恐ろしい話ですね。

古井　恐ろしいですよ。

〈私〉のつかまえ方

西部　先ほど、文芸評論家たちが文というものに現れる歴史・時代の連続についてあまり配慮をしないということを指摘させてもらったけれど、同時に日本の文学で、いわゆる「私小説」というのがありますね。結論へ飛ぶと、僕の知る限りよくできた私小説は、実は〈私〉のものじゃない。

古井　そうなんです。

西部　だから文芸評論家たちにはむしろ、私小説とは言わずに「経験小説」というふうに言ってもらいたい。経験の中にはもちろん私性もあるでしょうけれど公性とか、あるいは個人性だけじゃなくて社会性とか、そういうものがずっと絡み合って自分の経験となる。ならば私小説という言い方自体が文体論としても間違ってるし、自分の人生を考えても、俺の経験は〈私〉のものなのかと言ったら、そんなはずはない。

古井　私小説のことではもう一つ、こういう言い方もしてもらいたい。認識の実験、認識論の一つだってこと。小説においてその試みが意識されているかは別です。つまり〈私〉が〈私〉を書くわけでしょう。〈主語としての私〉と〈目的語としての私〉、この二つの〈私〉は違うはずなんですね。主語としての〈私〉のなかには、〈私〉じゃないものが入ってるわけだ。私小説のなかに現れるそのジレンマとかアポリア、これは読者をエキサイトさせますよ。葛西善蔵、嘉村礒多、牧野信一の小説はそれが強い。志賀直哉は、僕はちょっと苦手です、あまりに堂に入りすぎててね。

西部　しかも自分というものを単に空間的に水平に、つまり社会的に外部から見るというだけじゃなくて、言ってみれば垂直の見方――自分を超えた、たとえば観念とか精神とか、ひょっとしたら神とか仏とか、そんな予感すら出てくるのが、〈私〉を見ている〈私〉でしょうね。

古井　実は、「私が私を見る」、「私が私を書く」というとき、主語の〈私〉と目的語の〈私〉が同一だったら不可能なんです。不可能か、あるいは果てしもない解体になる。認識の解体なんですよ。だから、〈主語の私〉のなかに〈私〉を超えるものを探るわけね。それから〈目的語の私〉のなかにも探る。

西部　若い頃、ムーシルを最初に読んだとき、彼の表現が、「ああとも言えるけどこうとも言える」とか「ああだったけれども考えてみれば実はこうであり得たかもしれない」という調子なんで、今風に言えば、果てしない相対主義だなあとも一瞬は思ったんですよ。でも妙に、ある基準にぶら下がってるような気もしたんですね。後になって、彼には幼いときの神秘体験も影響した、超越的な絶対の基準のようなものがあったということを知ったんですけれど。古井さんはそういうことをわかったうえでムーシルに近づいたんですか。

古井　いやあ、若かったからねえ、たまたまです。これは女性との出逢いと一緒でございまして、何かがわかってどうこうなるわけじゃございませんでしょう（笑）。

西部　そういう意味じゃあ、ついてたんですね（笑）。

古井　ムーシルというのは二十世紀の初頭になって栄えた学問である量子力学、分析哲学、記号論理だとかの洗礼をもろに受けてるんですよ。そもそも「特性のない男」という言い方だからあたかも相対主義に聞こえるけれど、そのとき彼が考えたのは、何か絶対がないと学問はできないだろうという感覚なんですね。だから、相対主義から逆に、〈絶対〉を探しています。無闇に変な〈絶対〉に嵌るまいという用心も強い。だからあれだけ多様にエッセイを書く。エッセイを集大成してあんなに厚くなった。ぜんぶエッセイですよ。

西部　古井さんのおっしゃっているような〈私〉のつかまえ方、つまり自分とはなんだと考えたときに、水平に言えば社会とか制度がくるし、垂直に言えば上には神的なものが洞察され、下にはほとんど肉体、さらには自然のようなものがある、というような〈自分〉にかんする構図は、いまの文学の世界でおおよその共通認識にはなっているんですか。

古井　なってないと思います。というのはね、自分は書けないはずだという認識がない。本当は一行も書けないんだという認識が。これだけ価値観が揺らいで、それから相対主義が蔓延して、自分が踏まえるべきものがヤワになった場合、表現は成り立たないんだ。だってあらゆる事柄は、要するに言葉と論理でしょう。

西部　ロゴスですね。

古井　そう、その踏まえどころがなくなってしまっている以上、自分がしっかりとしたロゴスを持っているという先入観を払いのけると、本当は一行も書けない。その危機から発しているかどうかの問題です。若い作家に同情の気持ちがあるのは、そういう意識には、いささかなりとも踏まえるものの残留とか残骸があってのことでしょう。それがあまりにもないとなると……。

西部　なるほど、責め立てるには可哀想だと。

古井　我々の責任もあるんですね、それは。

西部　垂直に上を見れば神で下を見れば肉体、あるいは水平に右を見れば孤立した自己で左を見れば社会や制度、という構図を考えたときに、その構図自体が、現在の状況のなかで色合いをどんどん変えていきますね。しかもその溶解過程のただなかで自分自身が生きてますからね。

そこでいまの話と関係すると思うんですが、沈黙ということも含めてどう自分を表すかというとき、実存主義的な言い方であるけれども、シチュエーションつまり状況という、自分が把握しきれない不確実性・不確定性をめったやたらに含んだもののなかで、ある種の決断を強いられますね。

古井　そうです。

西部　あえて限定して言うと、原稿の升目にどの字を書くかというのも決断です。そういうことを考えてくると、一方で構造として言えば非常にしっかりとした何かがありそうに思うけれども、実践的に言うと、なんの頼りもない状況のなかで何かをしたためるというのは、そういう実存的な感じがあるんじゃないかしら。

古井　簡単に言うと、推敲という言葉がありますでしょう。「推敲が足りないよ」なんて編集者は気安く言うけれど、もし自分ひとりの判断によって推敲しなきゃならないということになったら、このジャッジは果てしがなくなって、本当に次の言葉が置けないというくらいのものになってしまう。そのとき、おそらく自分を超えた基準がある、「自分にはなんだかわからない、でもあるはずだ、どこか高いところから見られているはずだ」――そういう感覚がないと、推敲の甲斐がないいんですね。もちろん、水平の状況に照らしての推敲はあるわけだ。でも状況というのは垂直からの吸引力がないと状況にならないんじゃないか。だって、今日の状況と明日の状況は違うんだから、話にならないでしょう。垂直部分が必ず働いているはずなのね。

西部　そうか、今日と明日は垂直からこういうふうにつながれていて、ほとんど振り子のようになっているだけだっていう気分がないとね。まったくの実存とかまったくの不確定性ってことを考えたら何もできませんからね。

古井　そういう状況論にたいして苦しんだのが江藤（淳）さんじゃないかな。「垂直部分と水平部分」と、しょっちゅうおっしゃってましたからね。水平の状況にしても垂直からの引力がないと、とりとめもなくなるわけで。

〈善〉の支点への畏怖

西部　ところで、先ほど司会の富岡さんに確かめたら、「内向の世代」というレッテル貼りをしたのは江藤さんじゃないんですってね。たぶん小田切（秀雄）さんじゃないかと。

古井　左翼のほうからです。西部さん、覚えがあるでしょう。たとえば全学連の会議なんかで、「自分のほうに跳ね返して掘り下げなきゃ駄目だ」なんて言ったら、「それは内向主義だ」って言われなかった？　そういう意味合いなんです。

西部　そんな調子なのか（笑）。僕ね、内向の世代という分類があると知ったときに、変な分類法だなと思ったんですよ。別に内向の世代と言われている方々を応援しようなんて意味じゃなくて、単純なロジックで考えてのことなんですけれど。だって、かりに現象として内向的と感じられる文章だとしても、内と外がつながっていないわけはない。たとえば〈時代〉という自分にとっての外側が〈自分〉の心理にどういうふうに投影・反映されているかというのをちゃんと読めば、おのずと外側がどうなっているかというのも、絶対に現われてくるはずですよ。古井さんのをあれこれ読ませていただくと、そういう外側にたいする、たとえば敗戦とか家族関係とか時代とかその他諸々が、ちゃんと触れられている。そこをばさっと切って「内向の世代」とは、単純すぎる分類でいただけないなと思ったんだ。まだその命名は存命してるんですか。

古井　いるのでしょうね。僕も最初、その名前をいただいて、本当にそうならありがたいことなんでね、どんどん内側に攻め入っていく覚悟はある。しかし遺憾ながら、その名前には応えられない。つまり外側に広がっていくことも難しいけれど、内に食い込んでいくというとき、何を踏まえて食い込んだらいいのか。内へ食い込んでいくには自分の踏まえどころがあまりにもない。自分で自分を踏まえるというのは不可能なんですよ。自分だけではないものを踏まえなければ自分のなかに突っ込んでいけないでしょう？　ですから、残念ながらこの御命名には添えませんという気持ちだった（笑）。

西部　なるほど。話が少し戻るようだけど、僕はカリフォルニアのバークレーで一年ちょっとふらふらしたときに、たまたま『スタイル』という、スタイル論のアンソロジーに出会ったんです。その中にオッペンハイマーによるたった二ページの文章があった。原子爆弾のオッペンハイマーなのか、そこに記されたファーストネームを忘れちゃったんですが、後から辞典で調べたらジュリウスだかユリウスだかという凄い古典的な名前だった（笑）。ともかくそのオッペンハイマー氏はこう書いているんです。Style とは、uncertainty（不確実性）にたいする deference だと。デファランスは畏敬・畏怖の念という意味でしょうね。たった二ページの文章なんですけれど、その一行を妙に覚えてましてね。

そこで先ほどの状況論なんですが、垂直と水平の視点ととらえれば何か構図がわかったように思うけれど、実際には現在のこの瞬間において自分が何かをしたためたとき、あるいは表現したとき、それを読者がどういうふうに読んでくれるのか、あるいはいまの状況のなかでどういう反応があるのかというのは、いろんな意味で不確実なんですね。しかし、小林秀雄さんの「思想は文体だ」に始まり、あらゆる表現界の文章において、いかにも断定口調で「これが俺の文体だ！」という文章に出逢うことが比較的に多い。そのときにいつもオッペンハイマーの「文体とは不確実性にたいする畏れの感情である」というのを思い出すんです。僕が言うのは口幅ったいが、やはり古井さんとか昔読んだムーシルには、どこかその畏れの感覚、畏怖の念があるのを感じるんですよ。

古井　オッペンハイマーの言う不確実性とは、与えられた現実は不確実だという意味もあるけれど、ひょっとして、神が下した業罰、バベルの塔の考え方を引くんじゃないですか。キリスト教徒にしてもユダヤ教徒にしてもイスラム教徒にしても、自分の罪にたいする、あるいは罰を下した者にたいする畏れなしには、表現は成り立たない――そう考えやすいと思いますよ。

西部　僕は素朴にこういうことを思った。つまり二十年くらい前にポストモダニズムがもて囃された時代があって、猫も杓子もdifference、差異と言っていた。そのときにオッペンハイマーの文章を思い出して、発音はほとんど同じなんだけれど、ディファァランスじゃなくてデファァランスのほうがいいんだがなあと（笑）。

ポストモダニズムなるものが遅ればせに日本に輸入されてみんなが飛びついたときに、当時、古井さんはどんな感じでしたか。

古井　あれはモダンからの逃げだと思ったね。モダンを背負い込まず、汲み尽くさず、その業を業と感じないうちに、モダンから逃げる。しかしこれもモダンの一つの延長じゃないかと僕は思いました。本当のポストモダンを探るのは恐ろしいことでね。

西部　僕には複雑に表現される問題をあえて単純に自分のなかで受け止めるという思考回路があるんです。それで「差異化の時代」と言われたときに、困ったなと思った。たとえば今日、古井さんに会ってAという意見を聞き「もっともだな」と思う。その翌日、富岡さんに会ってそれとはかなり離れたBの意見を聞いて「これももっともだな」と思うとする。――僕、素直なところがありますからね（笑）。

そのときに恐ろしいことが起こる。自分のなかにAとBが入っちゃうという矛盾が起こったら、どうやって差異化をすればいいのか。それにはどうしたって物事のA面とB面をつなぎ合わせることが必要なんですね。AとBをきれいに総合するのは人智に適わぬことかもしれないが、A・Bという差異の次元を超えた、差異の反対、同一の次元へということをどこかで考えないと、差異すらが自分のなかで始末がつかない。それなのになんでみんなして「差異だ！」と叫んでるのかなって素朴に考えていたんです。あまり間違ってはいないでしょう？（笑）

古井　間違っていないと僕は思いますね。差異から何か現実を見つけるという気合いはあるわけですけれど、差異があまりに多すぎるとどこで現実を見つけていいか、現実すら一つの差異になってしまう。それよりも、さまざまな差異が目に付いて、鋭角的に目に突き刺さってくるってことは、バベルの塔の業罰だぐらいに思ったほうがいい。つまりその場で総合できないから放棄するってことになると、もう後がないわけです。次の思考のためにもう一つ、駒を送らないと。少しは送らないと。

西部　あまり優秀な哲学者じゃないのかもしれないですけれど、カール・ヤスパースのいう「限界状況」とは、単純に言って、限界状況において選択をなさざるをえない人間は良心に頼るしかない、ということですね。つまり状況の最先端、限界までいっちゃうと、何もかもが不確実といわざるを得ないところにくる。そこでもなおかつ人間は選択をなさねばならぬ。そのときに英語で言うコンシャンス（conscience）、良心の声が聞こえてくるとしか言いようがない、と。たしか彼は、〈神〉ではなく〈良心〉と言っていたと思うんです。コンシャンスもコンシャス（conscious、意識）も同源で「知っていること」ですから、真善美の〈善〉の意識といってもいいでしょう。

文学の方面でそれをむくつけく出してほしいと言いたいわけではないし、文学にもいろんなカテゴリーがありますから一概には言えないけれど、本来ならばどこかでそれが引っかかってくるんじゃないかなと思うんですよ。善意というのは大いにしばしば偽善に嵌るわけですが、あたかも自分にはデモーニッシュなものがあるようにして善意を踏みにじる、そういう表現に突っ込んでみせるようなやり方がありますでしょう。僕もそれに囚われたことがあるから言うんだけど、いやあ、そうはいかないよって思う（笑）。

古井　ヤスパースが言ったのはドイツ語でGewissen（ゲヴィッセン）で、〈意識〉というのにかなり近い言葉ですね。本当ならば超越的なものの保証を求めたいけれども、それは控えた。じゃあ歴史の伝統的なものにしっかり着地できるかというと、ドイツの社会にも相当な混乱があるから、これも断念した。そうすると〈良心〉しかない。良心というのもずいぶん浮動的なものだけれども、その浮動的なものに支点を見出す。これは矛盾ですけれど、そうやってみた結果、良心というものの位置がわかるということじゃないでしょうか。

本当は、文章を書いて推敲するのも、コンシャスネスの事柄なんですよ。認識的なもの、美的なもの、道徳的なもの、要するに真善美です。けれど、そこへアンカー（錨を下ろすこと）できないと、えらい矛盾が起こって、推敲も真善美もへったくれもないわけだ。支点の存在をどこかで信用しないと推敲なんてできないんですよ。浮動的なものなのに、これを支点にする。これしかない。

西部　言葉遊びのようですけれど、不動のものは見つけられないから浮動するものをとりあえずの不動と思うしかないというのはよくわかります。と同時に、具体的状況を考えて、たとえば目の前にある女がいたときにどうするか。アプローチするかサヨナラを言うか、あるいは女に限らず、この人は困っていそうだから十万円やろうか、いやこんな人間にやってもしょうがないから知らん顔をするか、という具体的状況を考えると、この人には十万円やったほうがいいんだとか、この人にはせめてひと言優しい言葉をかけるのがいいんだとかいうことは、あんがい明確にわかるってことはありませんか。

古井　うーん……。

西部　ぎりぎり考えたらわからないんでしょうけれど。

古井　わかるより前に、そういう局面に立たされたとき、現代人としてはどういう判断をしても心の中で泣くわけ（笑）、自分がいかにとりとめない判断しかできないのかと。いいか悪いかは、結果どうなるかわからないにしても、いまの自分の心の動き方からすると、非常にとりとめない、瞬間的な、刹那的な判断しかできない。でも判断する以上、何かそこで動かないものがあるんじゃないかと感じないとやれない。

西部　でも、動かないかのように見えるもの、たとえば夫婦関係でも親子関係でも、考えてみたらなんでこんな女と結婚してるか、なんで卵子と精子の結合でこんな子どもが、といろいろ考えられるんだけれども、否応もなく引き受けなきゃいけない局面が多いでしょう。

古井　そのとき〈私〉があくまでも一人だったら、〈私〉および〈私の状況〉は実にとりとめないってことになるんですね。だから〈私〉を超える何かの価値づけ、つまり自分がいまやってること、いまやってる暮らしが、昔なら一つの例話・説話になるような感覚が出てくるわけです。これは自分で作るものじゃなくて人様が作るわけだけど、そういう例話・説話の中の一人物であるように自分を見て、それでその場でその場の感じ方をしていく。その場その場の判断が極めて痴《おこ》なこともある。だけど例話・説話には痴な話はいっぱいあります。痴と聖は紙一重ですから。

西部　こう言い換えてもいいですか。人間は生まれて、そして死ぬわけですが、自分の死の後に何か残るものがあるとしたら、自分の暮らし向きをベースとする自分の人生、その表現活動のなかの何かが、「あの男はこうだったんだよ」というようにして説話として残る、それだけが唯一、自分の人生の意義である、と。

古井　そうなんです。説話とまでいかず例話でもいい。

西部　「こんな場合もあったんだから覚えていてやろう」と（笑）。

古井　いま年寄りが、生病老死《しょうびょうろうし》という〈絶対〉に突き当たりつつあるわけ。限界状況よりもそっちのほうが厳しい場所なんだ（笑）。でもきちんと振る舞えるとは限らない。きちんとものを言えるとは限らない。そういうところで追いつめられた年寄りたちの群れの体験を、例話・説話として表わせればもって瞑すべしだと僕は思ってるんです。

掠められた「敗戦」の意味

西部　年寄りと言えば、古井さんの『忿翁《ふんのう》』（二〇〇二年）という小説の冒頭のシーン、あれは恐ろしい話ですね！　読者のために説明すると、混雑した新幹線こだまで、一人の青年が座席を確保し弁当を買いに行った。そこに、遅れてきた年寄りが坐ってしまう。あの年寄りは何歳くらいの人でした？

古井　あのときは僕がまだ五十過ぎで、七十に近い六十代と見てました。

西部　いまの僕らだね（笑）。その年寄りが、戻ってきた青年に向かって、「いったん席を離れたら権利は失う、勝手に荷物を置いていこうが自由席は私物化できない、ともかく俺は坐る権利がある！」という調子で叫び立てているんですね。二人のあいだで応酬があって、若者が最後に、「じいさんは要するに坐りたかったんだろう、屁理屈を述べずに坐らせてくださいと頼め」と言い放ち、

「坐らせて、ください」と言ったその老人の目がうっすらと濡れている――。
　青年が別の車輌に移って騒ぎは収まるんですが、最後がもっと凄い。古井さんはちょっと居眠りされて、まさに直前に見た現実を夢に見る。夢の中で古井さんは、その老人の降り際に「ふざけやがって、この野郎」とつぶやく。と、車輌中が呼応するんですね。それで目が覚めたら、その老人が弁当を見つめながら丹念に食べている。その老人の目はまだ潤んでいるようだった、と――。
　あのとき古井さんには、もちろん怒りとか、しっかりしてくれよとかいう気持ちとともに、あるいは高度成長だなんだで闇雲に働き抜いた老人の哀れな人生への同情もあったんでしょうね。
古井　弁当を食っている老人を見て想像したわけですよ。ちょうど少年が遊びこけて昼メシに遅れて帰ってきて、母親が冷やご飯か何か出して食わせる。それを一所懸命食べているところを想像した。
西部　内・外の外で言うと、その老人は世代的に言っておそらく、思春期・青年期とそれぞれ戦争にかかわって、戦後の焼け跡のなかでしゃかりきになって働いてきた。その挙げ句が、その人にとっては席にありつけるかどうかという目前の餌というね。そういえば、ムーシルに「餌に飛びつく人生」ってのがあった（笑）。
古井　席を取られた青年がいたわけだ。その青年が年寄りに筋を通させてしまったわけだ（笑）。青年に促されるままに、坐らせてくださいと年寄りはあらためて頼んで、席を確保した。年の図太さのようで、眼が潤んでいて。

西部　古井さんは小学校二年で敗戦だけれど、敗戦後の苦労を引き受けたジェネレーションにたいする哀れみと怒りと、両方を感じてふと寝ちゃったのかなとも思って読んだんだ（笑）。

古井　見てるほうも泣き濡れているところがあるわけですよ（笑）。

西部　僕は札幌だったので空襲はなきに等しいし、母方の親戚が百姓でしたからギリギリですけれど餌は流れてきた。古井さんは東京ですから、やっぱり敗戦の体験というのは大きいですすけれど餌は流れてきた。

古井　ありますよ。後年いろいろ考えてみると、子どもたちは戦争にたいして熱狂した。大人には、他にいろいろ思案もあったしアイロニーもあったろうけれど、いちばん真面目な部分が子どものほうに滴って溜まっちゃうわけ。でね、戦争に負けて子どもが何を感じたか。戦争中の恐怖、これはまた別の話。それから敵の占領軍がやってくると何をされるかわからないという恐怖も別。なにより「負けた」ということに、恥を――どす黒いような恥を覚えました。なにも子どもが恥を覚えることはないでしょう。恐怖にたいして子どもは無防備です。戦争中は恐怖だけなんですよ。その恐怖に恥が混じる。すると恐怖と恥と、独特な共振れが起こる。あの恥がなんだったか、ずっと考えてました。

戦《いくさ》というのは、古い戦を見ると、神と神との戦いなんですよ。神というのは、そこの伝統の結実・昇華したようなもんでしょう。敵の神とこちらの神が戦って、敗戦というのはこちらの神が負けることなんです。これは民にとっても羞恥と、羞恥の狼狽を惹き起こす。これからどう立ち直るか。それには一つしかないんだ。それは、自分たちの神が負けたんじゃなくて、自分たちの神が自分たちを滅ぼしたんだ、という発想の大転換、黙示録的な情念というものなのでしょう。なぜ神が自分たちを滅ぼしたか、それは自分たちが神に忠実じゃなかったからというのが旧約聖書だけれど、同じようなことがいろんな形であると思うんですよ。

この黙示録的な情念が日本の戦後にはほとんどなかった。というのは、あまりにも徹底した負けだったから。メカニズムに、大量生産的なものに負けてるので。相手が仮にも人格的な姿で攻めてくるんだったらまた違ったでしょうね。でも大量生産的に、無差別にやられたから怒りようがなかった。とはいうものの、敗戦の民が立ち上がるには、本当は逆転の発想しかないんですよ。そのときに人は目前の生活があって妻子を庇わなきゃならない。そっちのほうの現実についた。それはそれでいいんだ。ただ生活にゆとりが出たときに、黙示録的な情念を掠めとられた後遺症が残るわけです。六〇年安保、七〇年安保も、ほとんどそういうことを知らない若い者だったかもしれないけれど、それを取り戻そうという運動だったと思う。そのことをほとんどだれも適切に指摘できなかった。僕も含めてね。

西部　確かに、こんなに一所懸命に戦ったのに、お前らはどうも役に立たんというんで神から捨てられたってことかもしれないけれど、嘘でもいいから「いずれは復讐してやる」、「アメリカ的なるものというメカニズムにはいつの日か唾を引っ掛けてやる」という説話を組み立てることだってできたはずですよ。まあ、日本人は数が多いからねえ、いまで言えば一億二千八百万もの人間が復讐物語のフィクションをみんなで共有することは不可能だったろうけれど。

古井　でも、宥和ということの前提に、復讐の情念があったということでしょう。じゃないですか？（笑）ピースというのも、戦乱があっての話でしょう。ピースというのは休戦なんですね、はっきり言って。

西部　もっと露骨に言えば、要するに強いほうが弱いほうを滅ぼして平定するっていう意味ですよ。ランダムハウスを引くと、「パクス・ロマーナ」とはもちろんローマの平和ということで、ローマの力で地中海沿岸が静かになったということだけれど、三番目くらいのところで、「平定された側に不満のわだかまる不安定な統治状態」という説明があって、いやあ、言い得て妙だなと（笑）。それに比べて日本は、平定されてピースがきたんですけれど、どこにも不満がわだかまってない（笑）。

古井　そうなんだよねえ。

西部　最近あれこれ読んでいて初めて知ったんですが、古井さんのどれについて言ったのか確認できませんけれど、江藤淳さんが古井さんのことを「退屈の美学」というふうに言ったとか。それは批判的な意味を込めて言ったんでしょう。

古井　そうです。

西部　そのことを知ったときに、ケインズという、ちょっと愚かしいけれどさすがケンブリッジのインテリ上流階級だけあってなかなかセンスのある経済学者が、エッセイの中で「イギリスの誇るべきprosaic soundness」という言い方をしているのを思い出したんです。サウンドネスは健全ですから直訳すると「散文的健全性」ですが、プロゼイックには同時に退屈という意味もあって、ケインズは「退屈な健全性」という意味で言っているんですね。

僕はドイツ語もフランス語もできませんので、外国語は英語を読むことしかないんですが、確かにイギリス人の書いたものはプロゼイック、散文的でかつ退屈なんです。ところが、何十年も経ったときに残ったものを考えますでしょう。そうすると案外、あの一見まどろっこしくてぐちゃぐちゃしたようなものが、ある種の健全さをもって意識のかなり奥のところにきちっと定着していることが多いんです。だから「退屈の美学」じゃなくて、むしろ「散文的健全」っていうふうに言い直したいような気がしたんだ（笑）。古井さんにも通俗とは何ぞやというエッセイがある（「通俗ということ」『古井由吉 作品 七』河出書房新社、一九八三年）。

古井　通俗ほど難しいものはない（笑）。

西部　通俗の正体は「韻文の亡霊の祟り」という言い方をされてましたね。日本語の散文は、五七調のようなパターン化された韻文と折り合いが悪いと。

古井　早い話が知識人の固定観念にもとづいた通り相場の文章だってことね。通俗はそれとは違う。そういうことなんです。

戦後の日本は、そのプロゼイック・サウンドネスまでとうとう辿り着けなかった。それはやっぱり蓄積した富の違いでしょう。皮肉なもの言いになるけれど、植民地収奪を徹底的にやった国は違うもんだって思いますよ。

西部　ずいぶん昔、福田恆存さんのものを遅ればせにいろいろ読んでいたときに、あの方が中村光夫さんなんかとは違う何かを狙ったとしたら、やっぱり散文的健全性を狙ったんだろうなと思った。

古井　そうなんですよ。

西部　昔あれほどシャープな文芸批評を書いていたのに、自分で「やーめた！」と宣言しちゃってね（笑）、表面上は政治がどうのとやってるけれども、状況論として散文的健全を担っている、と僕は思った。

古井　ソフォクレスの『オイディプス王』（紀元前四二七年頃）のことを福田さんは、「ウェルメイド・ドラマ」という言い方をされた。それがプロゼイック・サウンドネスの表われでね。ただ、日本はそれが成り立つほど文化的に豊かではなかった。

僕ら高校の頃は受験勉強を兼ねて、いまじゃだれも知らないだろうな、ジェローム・K・ジェロームのイングリッシュ・ヒューモアのエッセイをずいぶん読まされてね。いまから思うと贅沢なもんだね、あのヒューモアは、本当に（笑）。

西部　ユダヤ系オーストリア人のシュテファン・ツヴァイクの『昨日の世界』（一九四〇年）に、彼が亡命してイギリスにいたときのことがありますね。八十半ばのバーナード・ショウと七十半ばのH・G・ウェルズが近くに暮らしていて、二人はアフタヌーンティーを飲みながら、進化論について議論している。もうそろそろ棺桶の準備でもすればいいものを、愚にもつかない話を延々として（笑）、夕刻が迫る頃に「また明日、議論しよう」と帰っていくわけ、八十と九十近いのが（笑）。あれを読んだときに、本当に植民帝国の威厳だなあとツヴァイクも思ったらしいが、僕もそう思った。

古井　イギリス人が状況的な発言をするときには、たとえばチャーチルの「民主主義とは、ほかのあらゆるものよりすぐれたところの、最悪の政治形態である」というやつにしても、長い歴史を踏まえてるね（笑）。清教徒革命から、大陸のほうだったらフランス革命から踏まえてる。こういう発言ができないね、僕ら。

西部　本当にできないんですねえ。その見事さ、底深さはわかるけれど、僕なんか典型的で、とりあえず息せき切って何かを少々クリアカットに表現したいと思ってしまう（笑）。

古井　でも、その「息せき切ってやる」というのが戦後の日本人の美徳だったわけだ。そのわりにやることはかなりきちっとしてるし、納期に間に合わせる。この美徳を馬鹿にしちゃ駄目ですよ。息せき切ってやることで、戦後日本がどれだけのし上がってきたか。しかしその戦線が間延びして、そのときの兵士たちが老兵になって、息せき切って来たおかげで見ずにいた生老病死の、素面に睨まれているわけ。

でも、今後いちばんこの国で面白いのは老人の発言じゃないですか。とんでもないのも出てくるかもしれないけれど、ともかく〈絶対〉に追いつめられてるんだから。絶対というのを相対化してしまうのが高度成長でね。危機というものには絶対のところがあるでしょう。家にしても企業にしても、長く由《よ》ってきた矛盾があって、その壁にぶち当たる。もう絶対的な矛盾に。ところが、インフレ成長に付くと、拡大することによって一見、絶対的矛盾が解消するんですね。そういうことを繰り返し繰り返しやってきて、バブルの後でもまだ懲りないでいた。

西部　懲りずにホリエモンだの楽天だの、とね。

古井　ところがその担い手である我々、私とか西部さんとかが老年に至ってしまった。生・老・病・死というのは絶対なんですよ、これは（笑）。

西部　そうですねえ。

古井　そのときに年寄りの例話・説話がどれくらい出てくるかですよ。

負けた後の生き方

西部　司会の富岡さんも山登りばっかりしてるようですが（笑）、古井さんもずいぶん若いときから、お一人で山歩きされてる。ひょっとしたらそれは、敗戦体験とどこか関係がおありなのかなと勝手に推測したんです、「国破れて山河あり」ってことで（笑）。東京で神から見捨てられるようにして国破れたのを見た経験によって、でもどこかに山河はあるだろうという気分がおありだったのかなと。

古井　変わらないものがありましたからね、山へ行くと。まあいまはそれも怪しくなってきたけれど（笑）。やっぱり少年として納得いかなかったんだろうね。負け方はともかく、負けた後の人の生き方が。

西部　僕も同じでした。幼い者の特権だったけれど。弱い者が強い者に負けるのはすぐわかるし、確かに山ほど殺された。こちらがやったことは抜きにして言えば、太平洋で百万、本土で九十万、大陸で百万の、合計三百万ですからね。でも、八千万もおったじゃないかといいたくなる。ロシアやドイツはもっともっと高い割合で死んだんですから。負けたのは仕方ないとしても、なんであそこまで——簡単に言えば女はパンパンになり、男は米軍に尻尾を振る。致し方ないのはわかるけれど、こんなこと、これ見よがしにやる必要ないじゃないか——と何となくですが幼いときに札幌で感じていたような気がするんです。

古井　負けて楽になった、負けて解放されたってのもわかるんです。よくわかるんだけど、でももう一方のものがあって然るべきじゃないか。復員軍人の虚脱とか、物言わぬ憤怒とか、楽天の顔をした絶望とかがあったはずですよ。あれはどこへ行っちゃったんだ。叩きのめされて帰ってきたというだけじゃあ済まないと思うんですね。やっぱり自分の国の神が負けたんですね。

司会　折口信夫が戦後、そういうことを言ってますね、「神々の敗北」と。当時はほとんど取り上げられませんでしたが。

古井　やっぱり負けたという体験を誤魔化してると思うね。本当に切実なものがあったんですよ。平俗に言えば、巨人ファンがいるでしょう。巨人が惨めに負けるとき、「何やってるんだこのバカ!」ってのもあるけれど、どこかに恥の気持ちが動くじゃない? で、ちょっと恐怖感みたいなものも混じるんじゃない? 自分が信じたものがボロボロ崩れるってときに、まるで自分の責任のようにね。

そりゃ、負けを真っ向から担えというのは酷です。でも、うしろめたさはあったはずなんですよ、何かを置き残して来たような昭和三十年代半ばまでは。高度成長が始まったあたりからおかしくなった。「新生日本」というのがまずかった。国なんて新生できるわけはない。煙草の「新生」じゃあるまいし(笑)。煙草の新生時代はまだよかった。でも、あのときの切実な気持ちはどうなったんだ。新生っていう了簡が間違いで、そこですでに躓いているんじゃないかしら。

西部　僕も同じことを思った。たぶん原稿にも書いたと思う、「何が新生だ、新しく生まれれば立派なのか」って。

イギリスのエドマンド・バークのエッセンスを一言で言えといわれたら、prescription つまり「あらかじめの規定」ということです。我々が何かをスクリプトするとき、それにはあらかじめの前提があるはずなんですね。ふつうプレスクリプションというと薬局の処方箋のことを指しますが、処方箋を書くには病気の診断という前提がある。彼が合理主義と戦うのも、合理の前提には何か歴史がある、もっと言うと揺るがぬ感情が、しかも共有の道徳律があるはずだ、ということからなんですね。

古井　script というのは語源的に scribe と同じで、紙の上にさらさら書くことじゃないんですね。石板か何かに彫り込むわけだ。将来に起こることに備えて共有の事例を彫り込む。そして重大事が発生した折には、それらの事例を引いて、自分らのポリスの取るべき道を確認する。「読む」ということも本来、集会で読み上げて、再確認するということだったそうですね。ただね、イギリス人のそれは、植民地収奪の富の上だったのではないかという疑いはあるね（笑）。

西部　そうですね（笑）。

古井　やっぱりヨーロッパに行くたびに思うもんね。「なんだよ、古くからの都市って言うけどせいぜい十九世紀じゃないかよ」って。大改造してるわけ。「収奪のモニュメントではないか」と言いたくなる（笑）。植民地主義に対する批判はずいぶん気安く言われてきたけれど、これからじゃないかな、きちんとそれを考えるのは。日本のは遅れに遅れてやって来たから持ち出しのほうが多かったくらいのもので。

西部　この前、たまたまパラオに一週間近く行ってきたんです。南の外れのペリリュー島って島で、水戸連隊の若者を中心に一万三千名の日本兵が戦ったんですね。米軍の海兵隊が俺たちの獲物を残しとけって言うくらいに爆撃隊が徹底的に爆弾を落としたんだが、実は日本兵が珊瑚礁のなかにシロアリのように穴を穿って隠れていた。それで米軍に死者千五百名、負傷者四、五千名——むこうは輸血用の血も持ってるし医療施設も持ってるから助かったんで、日本の場合だったら負傷したら四、五千名死亡ってくらいのものです——の打撃を与える。それで米軍が上陸した唯一の砂浜がいま、オレンジビーチと言われてる。なぜオレンジか。米軍の血で砂浜がオレンジに染まったというんですよ。血っていうのは塩水と混じるとオレンジ色になるらしくて。アメリカ人が自分たちの血を見てオレンジビーチと名付けたんですって。

あそこには、土人としか言いようのないくらい人のいい人がいまもいるんですが、彼らが異口同音に、「日本は好きだ」と言う。簡単に言えば、かつてあそこを植民地化したスペイン人も、次に信託統治したドイツ人も、いまは原潜の寄港地としているアメリカ人も、俺たちを利用して搾取するだけだ。けれど日本は、インフラを作ってくれて、あまつさえ教育も施してくれた。それでいまなお、子孫たちが日本に感謝するという言説を吐くし日本語もちょっとは残ってはいる。でも、実際には彼らは片言の英語を使い、コカコーラをがぶ飲みし、バケツ大のアイスクリームを買っては喰らってる。結局はアメリカ化されてるんですね。アジアの漫画的なケースをパラオで見たようで、ちょっとうんざりした。精一杯の努力はするんだけれども、最後はイングリッシュとコカコーラにやられていくと……。

古井　大量産業の支配は大量爆撃と似てるね。空から大量に落とされたら、こっちの美徳を以てしても何ともならん。日本の末端の兵隊がずいぶんの勇気と美徳を見せて、地元の人間を説得するようなところはあった。それがどこから出てきたか。ヨーロッパ人が見ると、欧米にたいする敵意だとか対抗心、支配欲というけれど、そうじゃなくて、実直さ、律儀さ、丁寧さ……。

西部　納期を守るとか（笑）。

古井　これは江戸時代に育まれたものですよ。高度成長もそれでやってのけたんだね。けれどその美徳が薄れていったときに、代わりの美徳があるか。戦時に日本が犯した悪もすでに、その美徳の薄れの表われであったかもしれない。西洋みたいに、あるいはアラブ世界もそうだけれど、闘争をもとにした美徳ってものが僕らにはない。血の雨を降らせたところから出てくる美徳ってのがないんです。それも知らずにフランス革命だ清教徒革命だ、あるいはロシア革命だと讃美している。

翻訳を放棄した戦後マス社会

西部　こういう可能性はないでしょうか。いっとき抽象論で考えたんですが、日本人はものすごく実直で、大陸やらイベリア半島やらから来る、ありとあらゆるものをみんな摂取してしまう。さすがまだイスラム教までは摂取してないけれど。そうするとどうしても、いろんなところから入ってきたものをまとめなきゃいけない。簡単に言えば「総合」ですね。アナリシスにたいするシンセシス。おそらく日本人のその律儀な能力、何でもかんでも理解してしまう能力を巧く使えば、世界に稀な総合化の能力が身に付いたはずなのになって思う（笑）。

古井　その能力は昨日今日に出てきたもんじゃなくて、古くからきてるわけだ。その象徴が翻訳なんですよ。日本がやってきたのは上っ面の翻訳じゃなくて、こっちのスタイルを踏まえた受け容れ方なのね。漢文なんて言語系統が違う中国語ですよ。それを日本語で読んじゃうんだ。養老（孟司）さんに言わせりゃ、脳に翻訳中枢みたいなところがあるってね。これが偉かったって言ってる（笑）。だから翻訳ということをバカにするのは自殺行為かもしれない。日本人にはあらゆる意味での翻訳という手続きの内で生まれた忠実さと、そして精錬があるはずなんです。力は別ですよ、でもいい加減な翻訳はしてこなかった。それは中国をそばに控えた日本という国の伝統なんです。非常に巧く翻訳して、受け容れる。カントやヘーゲルなどの言うテーゼとアンチテーゼとジンテーゼというような大伽藍ではないが、でも意外にそれは、他の世界が失っているもんじゃないかしら。

西部　それで思い出すのは福田恆存さんが、おそらくは相当嫌いであった清水幾太郎氏に対して、あの人は翻訳調の名文家である、と。ここに軽蔑の意味はまるでないんですね。つまり清水さんは語学が達者でいろんなものを翻訳していて、それから作り上げた名文家なのだと。

古井　六〇年安保のとき、文化人の団体として抗議に行って読み上げた姿を、まわりの文化人たちが、まるで『勧進帳』だと見ていたそうですね（笑）。

西部　彼は世間でちょっと誤解されていて、清水幾太郎というのは翻訳文化の知識の切れっ端を集めたような人だとか、もっと言うとそういうものを利用した単なるアジテーターだっていう言い方をされる。

古井　アジテーターというのはまた別ですね。

西部　そう見えるけれど違いますね。

古井　日本の戦後で非常にまずいのは、「矛盾」というのを虚偽とか間違いっていうふうに取った。矛盾がないものなんてしょうがないんじゃない？　思想に矛盾がなかったら僕は信用しない。

西部　ところでこの点はどうでしょう、矛盾のただなかにあって、とりあえず矛盾を突き抜けるためには、己のみならず己の関係ある周囲の人々をどこかでアジテーションしなければならない。

古井　それはありますでしょう。

西部　そういう要素がありますね。小説家の場合にもあるでしょうね。アジテーションというのが日本では悪い意味で使われてますけれど、要するに「鼓舞する」という意味で、気力を鼓舞しないと矛盾に押し潰されてしまう。そういう意味で清水幾太郎さんは自他を鼓舞するため努力した人でしょうね。僕は六〇年安保のときは全然会ってなくて、好きでも嫌いでもなかったけれど、十数年経ってから会ったときに、なるほどなと思って理解した。彼は自分に押し寄せるいろんな矛盾のなかで、活動的に生きようとしていたんだってね。

古井　だって文学の大事な要素でしょう、アジテーションってのは。いろんなアジテートの仕方はあります。僕ら程度の仕方もある。しかしアジテートしない文学が文学と言えるかってことはありますね。非常に難しい問題ですけれど。

西部　静かなアジテーションもありうるしね。僕は浄土真宗の坊主の家系で、なんも勉強してませんが、いろいろ見てると、葬式がいちばん上手ですね（笑）。人を少々悲しく物思わしげにさせつつ、気持ちを落ち着かせる。あれも死者の係累たちをアジテートしてる感じなんですね。

古井　それをギリシャ語でエクスタシスと言うんです。スタシスというのはステーションですから、日常のステーションから外へ出しちゃうんです。これが要するに「恍惚」という意味になるわけね（笑）。

この歳になってカントとかヘーゲルのことを思うと、ずいぶんアジテーションをやってるじゃありませんか。そう思いませんか。僕ら七〇年以降の文学が批判されても仕方ないのは、アジテートする力が弱い、エキサイトさせる力が弱いっていうね。そういう時代の必要もあっただろうけれど、こればっかりは、何とか自分で追っつけて取り戻さなきゃと思います。

司会　古井さんがおっしゃった「翻訳」なんですけれど、日本語は翻訳の歴史でもある。漢字を取り込んで仮名を発明して、仮名混じり文をつくる。言葉を摂取・吸収する能力が凄くあって、総合もしてきた。その能力は、戦後のある時期まであったと思うんですね。ただ、それこそ高度成長以降、文化としての翻訳能力が落ちてきたという気がする。実際に翻訳文学が読まれなくなっているという現実的な問題もあるわけですが。

古井　それも戦争のときのボタンの掛け違いだと思う。言語能力が六〇年代から七〇年代に至ってどうにもならなくなった。それから言語とは別に、現に起こっている世界状況にたいする翻訳もあるわけだ。しかしね、大量生産的なものは翻訳のしようがない。それを感じさせられたのが、大空襲なんですよ。日本人は「戦う」ということを、そういうイメージでやってなかった。空からあまねく降らせるというのは国際協定違反みたいなものと感じていた。これは翻訳不可能なんですよ。

それからいま、ＩＴ産業なんかが押し寄せてくるでしょう、敵対的買収などというものもある。これらのことを、長く続いた言葉で表現することができないんですよ。

司会　空襲も、大量の、マスの攻撃ですよね。それが戦後、経済成長に転化して、日本人もマスを取り入れた。

古井　だから簡単な反戦じゃ駄目なんだ。あるいは被害者意識でも駄目なんだ。アメリカさんのやったことを自分らも取り入れたんだから。つくづく恐れ入ったわけだな、これじゃなきゃ駄目だと。

西部　話がずれて悪いんだけれど、これはいかがですか。僕はずいぶん福田恆存さんから書物のうえで薫陶を受けたんだけれど、ただ一つ違和を覚えたのは、戦後すぐの「一匹と九十九匹と」論、つまり政治と文学のことですね。もちろんあのときは左翼全盛で、共産主義者だと称する奴らが社会科学だへったくれだとぬかして、こうすれば日本は良くなるみたいなことを言っていた。福田さんは「それは百匹のうちの九十九匹を助ける理屈であり、それにたいして文学は一匹の迷える子羊を救うべくやってるんだ」と。その気持ちはよくわかるし、福田さんをどうこう言いたいんじゃないけれど、僕は違うなと感じたんです。

文学といえども、トラディションというのが認識のベースにある。トラディションとは定義上、百匹がたとえ無自覚にせよ持っているものをいうわけですよ。つまり自分たちは百分の一の少数派だと感じるにしても、そこでアジテーションの能力を発揮しよう、俺のアジテーションは本来ならば百匹に通じるはずだ、と考えて然るべきじゃないかと思ったんです。

古井　西部さんがおっしゃるのはもっともだと思う。でね、もう一方があるわけ。つまり文学にはそういう禍々《まがまが》しいところが必ず付きまとう。九十九匹を殺しちゃうんだよ。イエス様でもあるまいに。それをやるのが文学ってところがあるんですよ。これを避けたら、文学は成り立ちません。本当に禍々しいものですよ、これは。

西部　いまおっしゃったことを通俗化させて言うと、こういうやり方はないんでしょうか。九十九匹を殺すということだけれど――まあ実際に殺すわけではないが――たとえば先ほどマスという言葉が出た。マスとは「大量」ですが、人間について言えば、大量のものにのめのめと、軽々しくのめり込んでいくマスが、訳して大衆です。その大衆という九十九匹のことは、差しあたり人間とは認めないというふうに、定義だか分類するしかないのかなと思うときもあるんですね。それで、何年だか何十年後だかにいずれ日本という国にカタストロフが来るとする。おそらく来るでしょう。そのときに、その完全に統計的世界に巻き込まれていた九十九匹が、国家なり世界の破局の中で、「おい、だれか道を示してくれ」と言ったらば、人間と定義しておいた一匹が、「教えてくれと言うから及ばずながら言わせてもらうが、こうしたらいかがなもんでしょう」というふうにやる（笑）。

古井　破局というのはそういうもんだったんですね。イエス・キリストが立ったのも破局のときでしょう。

西部　釈迦牟尼《しゃかむに》だってそうですね。

古井　「大衆」というのはギリシャ語ではオクロス、「重荷」っていう意味なのね。

西部　そうなんですか。むかし字引で調べたら「麦の山」とあった気がする。麦を担ぐのは重いからということかな。つまりばらけた一粒が大量にあるとかなり重い。

デモクラシーの宿命

西部　最後にデマゴギー論に入らせていただきます。

古井　デマゴギーというのは僕らにとっての宿命というくらいに僕は思ってるんです。つまりデモクラシーという社会を選んだんだ。それには付き物なんですよ。有効な発言もデマゴギーぎりぎりのところでなされるわけでしょう。そうすると、デマゴギーか有効な発言かを見分けるのは、こっちにかかってくるんだけれど、これはなかなか難しい。つまり、だれのためかっていうことだ。マスのためだとしたらデマゴギーは有効なんですね。デマゴギーはその先のことなんて考えないからね。

西部　たぶんデモクラシーが始まった頃はこうだったと思うんです。チャーチルじゃないけれど、デモクラシーしかなくなっちゃった、これはとんでもないデマゴギーが背中合わせにあるから、みんな最後の政治制度にはお互い気を付けましょうね、と。

古井　そうなんです。ナチスだってデモクラシーが産んだんだから。もうほんの僅かな差だったと思うね。ヒットラーが出てきた途端にすべてが決まったようなことを言ってるけど、ほんの僅かの差でああなったと僕は睨んでる。

西部　ですね。総統になるのだってチェコのズデーテン地方に押し入るのだって、国民投票ですからね。遅ればせに知って納得したのは、国民投票をなぜ referendum と言うか。refer は「〜を参照する」ですから、おそらく民衆の意見をリファーしなければ物事の決着はつかないってことです。民主主義ができるはるか以前、シーザーの時代だろうが仁徳天皇だろうが、民の竈はどうなってるかってなもんで（笑）、あったんですね。つまりリファレンダムという言葉のなかにすでに、民意を参照しようという意味が含まれてるんだから、仕方ないことだと言えばそうなんですね。

古井　ただ、民意というのは極めて難しいわけです。いくらアンケートをとったって民意が出るとは限らない。その民意を参照するというような建前で近代の政治体制ができあがっていくわけだけれど、これは甚だ難しいという意識があって、代議員制というのができた。ところが日本では、代議員制は民意の反映だと単純に思ってるんだ。民意から少しずつ昇華させていくのが代議員制ですよ。

西部　ドイツ語は知らないけれど、マックス・ウェーバーは a man of good reputation つまり「名望政治家」と言った。各界、各地域で何とはなしに名望を集めている人間が議会に行くものだ、と。たとえば文学代表者を選ぶときに、文学界で名望のある人はだれかとなれば、別に小説を丹念に読んでるわけでも理解してるわけでもないけれど、「由吉さんはいいらしいぜ、それが定評だぜ」

というふうなことで議会は作られてたんですね。

古井　民主主義という制度をとった以上、チェックできない、妨げられないことなんですね。ただ、それを意識してるかどうか。

西部　デマゴギーのデマがデモクラシーのデモと同じく民衆という意味なんだということくらい、社会科学の知識人なら本当は知っていなきゃいけないのに、知ってるのは百人いたら一人か二人ですよ。デマとは何ぞやと言ったら、流通してる嘘話だと思ってる。元々は民衆という意味なんだということを、あろうことか社会科学だ政治学だをやってる人だってほとんど知らない。

古井　デモクラティアという言葉は眉を顰めさせるようなものであって、本来、極めて悪い概念なんだ。

西部　ただ、わからないことがあるんですね。無意識の場合はしゃあないけれど、先ほどのカール・ヤスパースの〈良心〉について言えば、何を好んで知識人と言われてる人たちがデマを飛ばすのかなあというね。

古井　そりゃ、だって大衆相手に商売してるから（笑）。

西部　商売と言いますけれど、彼らテレビなどに出回っている知識人はものすごい収入なんですよ。古井さんが聞いたら目を剝くくらいのね。

古井　それが民主主義の世界でしょう。これも避けられないんだ。そこからどういうふうにスタイルを守っていくか。そういうところでスタイルを考えると、もう文学の問題には留まらないですよ。

西部　年収が一億もあったら、家族や友だちに配ったって、数年すればこれ以上あってもしょうがないとなるものでしょう。僕はマルクスって顔も気に入らないし、翻訳で読んであまり好きじゃなかったけれども、物神崇拝《フェティシズム》ってのはそれを延々と、五年十年二十年とやるわけですよ。何が楽しくてやってるかと言ったら、やっぱりマルクスが言った通り、ひとたびその轍に嵌ったら、あとはフェティシズムで金、金、金というふうになるのかなあと。そう考えると、感情的に言うんじゃないけれど、どうしようもなく馬鹿だなあという気がする（笑）。

古井　マルクスはドイツ系ユダヤ人で、あの頃ドイツにはまだ国家なんてできてなかったんですよ。ましてやマス世界ではない。それがロンドンに行ってロンドンショックのなかであれをものしたということは、ひょっとしてあの人の私哲学かもしれないんだな。だから日本人を惹きつけちゃうわけね（笑）。それからロマン主義の名残も強いと思う。

西部　そこで思うんです。デマは民主主義とともに蔓延《はびこ》るわけですね。そして物事は非常に重層的で多面的でしかも変動たゆまないのに、民主主義のなかで何かを表現している表現者たち——ここでいう表現とは、家でぶつくさ言っている表現じゃなくて何ほどか人前に現れるという意味で、政治家も役人も、もちろん小説家も社会科学者も、一応は公の場で表現してるわけです——は、おしなべてスペシャリストというかな。ほんの一局面、一思想だけをスペシャルに扱う人がほとんどなんですね。特に社会科学者はそういう連中です。

しかしスペシャルなことを言うってこと自体が、ほとんど嘘なんじゃないか。嘘というか、前提を忘れているんですね。つまり、たとえばこのコップはこういう丸さでこういう高さですよということを忘れて、コップを上から見て「コップは円形のガラスだ」というのは、まさに「群盲象を撫でる」の行為です。彼らといえどもまるっきりの馬鹿ではないから、全体がどうであるかわからねば、部分がどうであるかもわからないということは理解してるはずなんだけれども、全体を把握しようという勤勉さも誠実さもないもんだから、その全体イメージを民意とか世論という形で、デモクラシーから借りてくるんですね。そういう意味で、スペシャリストたちはどこかで民意と連合体を作ってるんだな。これはもうかなわない（笑）。

古井　仮にも民主主義体制を採った以上、それは仕方のない業みたいなものですね。それにしても、政治家もオピニオンリーダーたちも、マスイメージにたいして語るんですね。民主主義の本来だったら、パブリックなものに語らなきゃいけない。ところが日本では、パブリックという観念が発達してないでしょう。だって日本人には、共和国という体験がとぼしい。共和党というのは保守党だと思ってるんだ（笑）。ドイツ連邦共和国の共和がわからない。

西部　本当ですね。勝手な解釈かもしれないけれど、リパブリックつまり共和という以上、まずパブリックというものがいて、それを再考しつつ再表現するんですからね。

古井　いろんな階層あるいは民族の利害がある。そこから共通項を抽象的に出して、そこへ向かって語りかけるってのがパブリックでしょう。それ自体、本当に根拠脆弱だし、抽象的だけに中味が薄いところがあるけれど、民主主義である以上はパブリックという観念がないと。

西部　もうちょっと単純に考えると、言葉ってものはだれのものか。実は言葉は発生から永遠にパブリックなもののはずなんですね。

古井　そうなんだ。

西部　すると本当に答えは簡単で、お前が使っている言葉はだれが作ったものかと言われた途端に、「いやあ、僕のものじゃありません」でお仕舞いになるはずなんだけれども。

古井　だから僕はギリシャ語とか、できるだけ古いものを選んでる。そしていつも恥じてるね、むこうから「手前は言葉が自分のものと思ってるのか」って突きつけられているようで。

たとえば「考える」という言葉があるでしょう、think（英）でも denken（独）でも penser（仏）でも。ヨーロッパの近代化のなかで「私が考える」というのは、日本人が思う以上に、非常に積極的な行動の意味が含まれているんです。ところがギリシャ語を見ると、あらかた「〜と思われる」、「〜と感じられる」というパッシヴ（受動的）な言葉なんだ。近代ヨーロッパの「考える」に値する言葉はというと、実は「言う」なんだよ。つまりレゴー、ロゴスだね。「言う」ことによって初めて、自分が考えていることが成り立つ。だからレゴーという動詞には「言う」と「思う」の二つの系列があるわけなんだけれど、所詮は一緒なんだ。「私は考える」と言うときに、「自分にはそう思われる」、「自分にはそう感じられる」というのと、「私はこれを言う」というのとでは、どうも後者が「考える」ことらしい。そのときに、民主主義体制の世の中を採っている以上、パブリックというものの観念が弱いと難しいことになるんじゃないかしら。

西部　文学者相手につまらない例で恐縮だけれど、僕は新聞で大江健三郎さんに絡むような文章を書いたようなことがあった。それはいまのパブリック、日本に訳せば公《おおやけ》ですね。大江さんはこう言うんですよ。大きな家を持っている、金持ちや権力者の言ってることが公だってのが日本の理解だと。それはもちろん一理も二理もある話なんだけれど、同時に漢語で言う「公《こう》」、中国からきた公《おおやけ》がある。「私」の「禾」、のぎへんは小麦で、「ム」が肘鉄なんですね。だから俺のものに近寄るなと肘鉄をしてるということになる。「公」はそういうことはやめて開こうではないかと。おそらく漢語ではそうだったんでしょうけれど、漢語のみならず日本においてだって、公と言ったときには、お互い肘鉄をし合うのはやめようぜってのがあったと思うんですよ。

古井　公地公民の原則が江戸時代まで生きていた。江戸体制はそれで持ってるんですよ。つまり建前がどんなに有効かの一例です。土地を所有してる連中は、それは借り物だと思ってる、託されたものだと思ってる。大名たちもそうですよ。公から託された領地だという考えです。

西部　しかもその公地公民は、左翼の教科書では天皇のものだという。「大きな家」のね。でも天皇は別にそんな立派な生活をしてたわけじゃないんですから（笑）。あの場合、天皇というふうにシンボライズされているものは、みんなのもの、それもいまいるみんなだけじゃなくて先祖・子孫も含めてみんなのものというのが、公地公民にはあったと思うんですよ。だから日本人においてこそ、「ハ」＋「ム」としての「公」があったと思うんですね。

古井　所有欲というのは非常に現実的なものでしょう。その上へ架けようとするわけ、公というのは。だから非常に抽象的で、苦しいわけだ。公とは、いずれにしても根っこからちょっと離れたものですから、これを維持するのは難しい。「私」という言葉のふくらみは、たとえば女性への、「私通」という言葉によく出てるっていうね（笑）。

西部　俺のものにするって感じで（笑）。江戸時代に「私商い《しあきな》」という言葉があったそうですね。自分のことばっかり考えて密かに商売やってるのを指して。

古井　闇商売のことですよ。だから、私というのは謙譲語になったわけだ。

西部　なるほど。

古井　しかし人の成熟ということに関しては、その後ろ暗い「私」の、経緯曲折がそれこそ「ひそかに」物を言うようですね。戦後の日本人は、息せき切ってきたあまり、その「私」をどこかへ、一時預かりのようなつもりで、長年預け放しにしてきたキライはある。わたしは、わたしは、とどなりこんでいるようで、じつは「私」に戻る時間がすくなかった。大江さんは「老年は成熟を拒め」と言ってるけれど、戦後日本人はじつは成熟しかねているんじゃないかしら。老人たちの姿を眺めればその国の、そこまでの五十年六十年が見えるというのは、ほんとうかもしれませんね。

（二〇〇五年十月二十日）

二　文学と人間の時代

古井由吉×西部 邁

司会：富岡幸一郎

個人の創作と時代の積み重ね

西部　今日はありがとうございます。興奮と緊張のあまり痛みが首に走って、こんなふうに首に布を巻いております（笑）。で、話の進め方は司会の富岡さんに依存することにしまして、まず、古井先生の紹介をしていただきましょうか。

司会　古井先生にゲストでお出でいただきまして、御本人を前にして失礼かもしれませんが、古井先生は現代文学、小説の最高峰におられます。評論家として古井文学を読んできた者としては、こういう形でお出でいただき、私もたいへん嬉しく思っています。

古井先生は昭和四十六（一九七一）年に『杳子』という作品で芥川賞を受賞されています。その前から小説をすでにお書きになっておりますけれども、その後休みなく作品を書き続けてきた作家です。二〇一二年から一三年にかけて、『古井由吉自選作品』全八巻を出されました。最近出た『半自叙伝』（二〇一四年）はこの作品集の「月報」にお書きになったものをまとめています。『杳子』から始まる、その後の古井文学の流れが、自ら選ばれた作品集を読むと、たどれるのではないかと思います。

この作品集を出された後も『鐘の渡り』（二〇一四年）など、さらに文芸雑誌で連載を続けておられます。連載を十回とか二十回されて、終わられると少しお休みになるんですが、その後また文芸雑誌で連載が始まる。連作の形で作品をずっと書かれてきた。

昭和四十年代から今日に至る、いまの日本文学の流れを見ると、古井先生の文学からさまざまな影響を受けて若い作家たちも登場してきている。そういう意味では、現代文学史で大きな役割を果たされてきた作家だということをまず申し上げておきたいと思います。

近代小説というのは不思議な表現ジャンルでありまして、近代の市民社会の中で生まれた。日本でも明治以降そういうものが出てきて、今日も小説という言葉が単にフィクション、虚構ではなく、現実の歴史やいま起こっている事柄と関わりを持って、その振動の中からフィクションとしての虚構の言葉が出てくる。古井先生の小説は、抽象化されたような幻想的なシーンもあるのですが、実は社会や現実、世界でいま起こっている事柄が凝縮されて写し出されている。そういう意味では世相を写す鏡でもある。古井先生は常に社会の動きとか、生活の中で何が起こっているのかを鋭敏に御覧になって、小説の言葉としてお書きになっているのではないかと思います。

西部　素朴な質問ですけれども、小説という言葉を作り出したのは坪内逍遥だったと思いますが、元々はノーベル（novel）ですね。ノーベルを直訳すると新説のはずです。古井先生のみならず優れた小説家たちがノーベルと言ったときには、新説を出すなどということではないのでしょうね。むしろ古いいくつもの説を全部引き受けている。特に古井さんの場合そうである、という気がする。小説家古井由吉と呼ぶのも失礼に当たる（笑）。

古井　中国語で小説と言うと「つまらない話」という意味だそうです。小説には必ずそういうものがあります。小説は近代の生まれであり、近代というものを背負っている。私の書いている小説は、富岡さんはとうにお気付きだと思うけれども、小説を書こうとしながら小説以前の文学に遡ろうともしている。随想だとか日記だとか、あるいは身上書《しんじょうしょ》、さては歌とか俳諧とかです。現代人としては断層が幾重にもあるのでなかなか遡れるものではないのですが。

西部　『仮往生伝試文』（一九八九年）というのはまさしくいま、古井さんが仰ったことを作品として結実させようとしている。古い時代の日記とか説話とかそういうものを全部表現の中に込めていく。

司会　『仮往生伝試文』は一九八九年にお出しになった作品で、今昔物語など説話を使いながら、往生ですから死に際ですね。いろいろなお坊さんの死に際がどうだったのかを通して、日本人の死の受け入れ方と言うのでしょうか、そういう死生の実相をお書きになっている。これは近代小説と言うよりは、日本の伝統的な物語や詩歌とか仏教説話とかも含んだものですね。

西部　富岡さんと古井さんがおっしゃった「近代」というのは一つのキー・ワードで、近代を日本人は最近の時代だと思っているけれども、英語で言えばモダン・エイジです。モダンはモデル（模型）とかあるいはモード（流行、様式）で、そういうものが流行る時代ということです。しかし古井さんがなさっていることは、モデル化できないもの、あるいは単なる様式の流行には乗せられないものにこそ、言葉つまり人間の意識のエッセンスを見出すという意味でモデルの時代、モードの時代に真っ向から逆らう。逆らうかどうかはともかくとして、そういう反時代的な種類のものなんでしょうね。

古井　近代以前の文学を読むと、その時代のモードとかモデルを踏まえているものが多い。ただしこれは伝統にしっかり根差したものなんです。

近代の小説は俗に創作と言われます。一個人の創作でなければならない。私はそれをデビュー当時から間違いではないかと思っていました。それでは文学が痩せ細る一方だと。一個人と言ってもその中に親兄弟と言わず、祖父祖母と言わず、御先祖までいろいろな人物が含まれています。過去の末広《すえひろ》がりです。自分とは自分一個のものではない。モノフォニーではなく、その多声（ポリフォニー）、これを表わさないと、近代小説は近代ということにおいて行き詰まるであろうと。

西部　いまおっしゃった、創作、英語で言えばクリエイションでしょうけれども、いかにクリエイトするのかと言えば、普通の人はオリジナリティ、独創性に基づいてクリエイトすると言うわけです。ところがオリジナリティとは何かと言えば、読んで字の如くで、オリジンですから「源泉」です。その源泉の中に人々の多種多様な多くの声が響き合っている。それを探り当てる。これは普通で言うところの個人の独創性に基づく創作とは似ても似つかぬもののはずですね。

古井　個人の独創に近いものは、ある作品の中で一部活かせたら充分なんです。残りが先人たちの積み重ねです。それでなければ、言葉は成り立たない。言葉は私のものではないんです。僕が発明したわけではないんですから（笑）。

司会　言葉は過去からくる、という田中美知太郎さんの有名な言葉がありますね。

西部　田中美知太郎はギリシャ哲学の先達ですが、あの方のたった一言、「言葉は必ず過去からやってくる」というそのワンセンテンスだけは僕の頭にこびりついて離れない。

文学の欠如が文学の欲求

古井　私がデビューして間もなくだからもう四十何年も前の随筆で、「〈文学〉に包囲された作家」ということを書いた。括弧付きの「文学」ですね。政治家も経済人も学者もいやに文学的な言葉でもって語る。コマーシャルもそうでしょう。何となくポエトリーの雰囲気だけが醸し出されている。しかしそれには文学の粘りはない。それに包囲されて作家は書きにくくなってしまった。そういう心得から始まっているんです。

私は悲観から入って楽観を覗くという性質でして、「なぜ文学が必要か」。それはいまの世で文学が欠如している。いよいよもって欠如していく。そのうちになくなるのではないか。そのときに世の中は成り立つのか。必ず文学、あるいは文学的なもの、本当の意味での文学がなければならない。それが失われたときの危機感はあるだろう。そのときに欠如が欲求になるだろう。want です。そのときにお呼びがあるのではないか。私はもう死んでいるかもしれませんけれども。そのために痕跡でも残しておきたいと思っています。

西部　いま、古井さんがおっしゃったウォントですが、「私はあれが欲しい」、「俺はこれを欲望する」と言うけれども、元々の意味は欠乏、欠けているということです。本来これが満たされていれば何の欲望も湧かないはずです。しかし、特に近代社会は先ほどの新説と関係がありますが、イノヴェーションと言って古いものを次々と破壊します。そうすると何か言葉の世界にあるべきものが欠落していく。これを取り戻すという欲望、これを真っ正面から引き受けているのは、文学者の全部がそれを引き受けているとは言わないが、ジャンルとしては近代の文学なんです。日本で言えば漱石がそれに当たりますね。

司会　情報化社会と言われてからずいぶん時が経っていますけれども、若い人なんかもずっとスマホ（スマートフォン）を見ている。トランスミッション（伝達の言葉）はスピーディに出ています。ところが言葉は単に伝達だけではなくて、歴史も過去も入っているし、自分のおじいさんおばあさんの世代からの伝統や生活の感覚など、いろいろなものが入っている。つまり言葉は伝達だけではなくて意味の蓄積を持っていて、それを活かすと言うか、伝統のオリジンを汲み上げてくるのが文学だというところはありますね。

古井　特にいまの世の中で言葉が記号化していく。たとえばイノヴェーション、グローバリゼーションと言う。この言葉の由来とか、経緯、他の事柄に対する関係はないがしろにされる。その由来も左右の関係もわからない。これを踏まえて合言葉のようにしてさまざまなことがなされる。そうするとおかしなことになる。これはすでに起こっています。

リーマンショックのときに、新しい造語をいろいろ連ねてああいうような経済のやり方をしたわけです。単なる素人が自分の生活に密着してみたら、あんなことは破綻するに決まっているではないですか。ところがエキスパートたちがこぞってやったわけです。これはひょっとして言葉の問題ではないか。

イノヴェーションに改革という言葉を当てはめるとすると、日本におけるいままでの改革とどう違うのか。どの部分における改革なのか。カタカナでイノヴェーションとなると、もう記号なんです。どういうことなのかと問い詰められて、つぶさに答えられる人は少ないのではないかしら。

西部　本当にいい例を出していただきました。リーマンショックは文学とは縁遠い話のようですが、そうではない。イノヴェーションと言いますが、イノヴェーションは実はノーベルと関係があって、新しいものを次々と作るということで、そうなると未来がますます予測不能なまでに不確実になる。そこに専門家と称する人間が出てきて、たとえば確率的に証券の収益率を予測できると言う。これ自体詐欺なんですが、予測できないはずのものを予測できるというフィクションとしてのモデルを作って、そのモデル幻想に全世界がなだれ込んでいく。数年経って蓋を開けたら全部嘘でしたとなった。その間に行われたことは、予測ですからすべてを確率的に平均値はいくらと数量化するということです。そうするといかにも数字ですからみんな簡単に飛び込む。言葉の意味をたずねないで、言葉のうわべだけを滑る人たちは、その精神と振舞いを数量化される。ほとんどアイススケート場でスケーティングをやっているような気持ちのいいことになる。数量の世界を滑走していって、実は人間の考えや行いの質は、全部、湖の底に沈んでしまいましたとなる。それを、氷を開けてほじくっている本当に数少ないインテリや文学者がいて、文学者の場合は古井さんのほかにはいないのではないか。

古井　文学の弱み、そしてそれが強みになるのですが、ここばかりは数量化ができない。フィクションはやりますけれどもモデルは作りえない。よっぽどの古典の時代とか大時代《おおじだい》と言いますか、それならばそれを踏まえて美しいモデルを作ることができる。けれども、僕は駆け出しの当時から、そんなことを願うのは大それたことだと早々に諦めています。

司会　古井先生は元々ドイツ文学を研究されて、ドイツの作家の翻訳もおやりになって、つまり西洋文学の最前線、新しい部分を御自分の中に西洋語として入れられていて、それから日本の古典も発見されていく。まさに近代小説というもののある特質をずっと体現されながら、近代を超えていくようなダイナミックな言葉の運動をなされていると思います。

西部　最近ムーシルと発音されていますが、僕らの時代はムジールと言われていたドイツの作家の翻訳に古井さんは携わっておられた。プライベートな話で恥ずかしいけれども、僕の亡くなったかみさんが、札幌から持ってきて集めていたのが『ムジール著作集』全六巻（一九六四年）で、僕は暇だったからそれを読んでいて、そのときに古井さんのお名前を翻訳者として存じ上げました。

ドイツで言うと、確かにヘーゲルでもマルクスでも矛盾というものに気づく。考えてみたら、人間は矛盾だらけです。たとえば僕のような老人でも生きたいと思っている。でも同時に矛盾がありまして、長生きしたいという欲望と同時に、死に急ぎたいという矛盾した願望がある。安全も欲しいけれども、この歳になっても、危険とか危機に身を投じてみたいという、また矛盾したものがある。集団に帰属したいと思うけれども同時に集団なんか嫌だな、離れてしまいたいという矛盾した欲望がある。他者から尊敬を受けたいと思うけれども、俺ごときを尊敬する他者は馬鹿ではないかという軽蔑も感じたりする。自己実現したいと思うけれども、俺ごときが実現するものは大したものではないのではないか。自己実現と叫んでいる奴を見るとそんな自己実現する暇があったら、もうちょっと権威ある偉大なものの前で、たとえば「自己実現は止めて、古井由吉の前でひれ伏しなさい」（笑）と言いたくなる。哲学だって結局は矛盾をうまく説明あるいは解釈する仕事ですから、この矛盾にチャレンジする表現方法は、ジャンルで言うとやはり文学のみなんですね。矛盾そのものの中に飛び込んでしまう恐ろしい人たちなんです。

古井　矛盾というものが文学の肥沃《ひよく》の地なんです。ここでこそ育つ。たとえば私小説《わたくししょうせつ》というものがあります。徹底した私小説のことを思ってください。登場人物がいるでしょう、書いている人がいる。登場人物が途轍もなく狂う。書いている人物がそれを冷徹に見ている。これだけ見えているのに、著者と同じであるはずの主人公はどうしてそう狂うの？　この矛盾なんですね。登場人物と著者の間にもう一つ別の存在もある。ナレーターです。小説の口調と言ったらいいのかな。それが綺麗に三位一体だったら、これはもう言うことないけれども、矛盾するんです。ナレーターと著者の関係も、同じかどうか微妙です。その三者が矛盾して昏乱して、詰屈《きっくつ》してね。その魅力というものを日本の私小説は伝えていると思う。私がやっているのが私小説かどうかわからないけれども、そういう意味での私小説を尊重します。

司会　近代の日本の小説の伝統を古井さんは引き継がれている。

古井　大袈裟なことを言うようだけれども、私小説は自分に関する認識論をやっているようなもので、常に破綻して先送りする。そのことのあった過去と、そのことを表現している現在との間に、時差のあることですが、徹底した私小説は、著者が「ことの現在」に身を置いているのです。

西部　ヨーロッパにおける近代文学の最高峰だと言われているチェーホフにこんな逸話があります。文学青年がモスクワからクリミアの静養地にやってきたときに、早朝に散歩して、「青年よ、文学者は自分を含めていろいろ言っているが、実は我々は何もわかっていないんだよ」と言ったらしいのですが、恐ろしく正しい科白だなと思った。古井さんにはそういうところがおありなんです。レッテルを貼られるのはお嫌いでしょうが、古井作品に触れると何となくチェーホフのその早朝発言を思い出す。

東京大空襲と恐怖の音の遮断

司会　古井先生の小説の中で繰り返し描かれるシーンがございまして、昭和二十（一九四五）年五月二十四日未明の山手大空襲ですね。米軍の空襲がひっきりなしにきて、東京は灰燼《かいじん》に帰すわけです。古井先生は昭和十二（一九三七）年のお生まれですので、その頃八歳くらいでしょうか。『半自叙伝』の冒頭でも空襲のことが描かれています。これは確かに七十年前のあの戦争なんですけれども、記録とか歴史書では語られていますが、文学で空襲あるいは戦争の記憶をどう語るか。敗戦と廃墟から、日本の社会は高度成長とか経済復興があって平穏と繁栄が進んでくる。しかし進めば進むほど御自分の幼年期の体験、あの戦争の記憶が逆に生々しく浮かび上がってくるようなところがあるのではありませんか。今年は戦後七十年ですが、文学があの戦争をどうとらえるのか、あるいは古井文学の中でも、特に空襲のことは繰り返し語られているというところに大変興味を持っています。

西部　東京大地震なんかも被災者と言うけれども、災《わざわ》いという字ですが、下が火です。これは戦争なんですよね。中国人が考えた最大の災いは戦争なんです。戦争の災いというものは単なる天変地異を超えたものではないんでしょうね。それを八歳のときに目の当たりにしたことが、古井文学においてどうなっているのか、僕もおうかがいしたい。

古井　一九四五年、敗戦の年に僕はまだ満で八つにもならないんです、幼児ですよ。でも空襲ということに関しては自分を戦中派と感じています。幼児にもかかわらず切羽詰まった体験をしてしまった。さてその記憶の問題なんです。恐怖の記憶を維持するのは難しい。もろに維持したら生きられない。

特に火の中を逃げ惑う。目の視覚的記憶は保たれる。見るということは対象化することですから。そのぶん突き放すことができる。怖いのは耳です。これは物凄い恐怖に押し入られる。耳を塞いで走るわけにはいかないでしょう。耳を塞げないので遮断するんです。特に記憶の中で遮断する。その記憶を中年に入ってから少しずつ掘り出していって、まだ掘り出し切れない。これが僕の現状です。

西部　なるほど、そうですか……つい先だってアメリカ映画『アメリカン・スナイパー』（クリント・イーストウッド監督、二〇一四年）を見て初めて気付いたことがあるんです。その映画の凄さは音の問題で、終始一貫バグダッドにおける両軍の、イラクのいわゆるテロリストと侵略者アメリカとの銃撃音や爆撃音の応酬がある。どうも見ていると主人公が最後その音にやられて、少し気が触れるんですね。音のことについて映画を通じながら思い知らされたのはつい数日前なんです。

古井　音にもろに押し入られたら動けない。立ってもいられない。だからそのときからしてどこかで遮断しているんです。幼児の記憶だとなおさらのことです。これをだんだんに掘り出すのは、実はあまり嬉しいことではありません。でもこれは僕が生きるのに必要なことだろうと思う。でないと自分というものがわからない。人に対する態度もとりにくい。へたをすると気が狂う恐れもある。そういう意味もあって少しずつ掘り出した。何かの大きな音を聞いて空襲のときのことを思い出すのではなくて、むしろ音が静まったときにどこか耳の奥から聞こえてくる。

西部　目のほうは意識と近い距離にあるから、ある程度歳をとっていた人ならば、意識によって距離をとることができる。たとえば「大破壊を楽しんだ」と述べている坂口安吾はあの頃もう四十歳近い、あるいは、「一人殺されれば二人殺せばよい」と復讐を誓った山田風太郎さんは、戦争に行けなかったけれども、二十代初めです。そういう人たちだと、目で見て、大人だから意識が動きます。でも古井さんはまだ八歳ですから戦災の音が身体の奥に突き刺さってくる。聴覚のほうが生命の発生的には原始的な段階にあるんでしょうね。

司会　その音を小説の言葉の中で甦らせる。「掘り出す」とおっしゃっておられましたが、初期の作品よりも歳月を経るなかでどんどん音が言葉として掘り出されて、それが小説の文体を作っていく。

古井　所詮そう長くはないという境地に入るとようやくね。いままでは怯えが先立ちました。あれは戦《いくさ》でした。まわりもそう思っている。僕も軍国少年だった。ただ内地にいて我々の上に降り掛かってきた戦というのは、それまで人がイメージしていた戦とはまるで違う。戦は、個人同士でも集団でも決闘です。基本的には刀とか槍とか弓矢ですね。拳銃にしろ、小銃にしろ大砲にしても、弓の延長したものでしょう。ところが戦のやり方がまったく変わった。広域にわたって大火災を起こす。

その環境の中で人は生きられない。まず酸素がなくなり、有毒ガスが出る。気温がある程度上がると人間は肺呼吸ができなくなるそうです。たとえば東京の本所深川で亡くなった十万の人たちは、焼け死んだ方も多いだろうけれども、かなり多数の犠牲者が窒息死なんだそうです。

第一次大戦の末期に毒ガスというものが使われた。ヒトラーは目を潰されて後方に送られたとき、妙な啓示を受けてああなるんだけれども。終わった後で世の人は、次の大戦はもう毒ガスが主役だと思った。ところが次の大戦が起こってみると、毒ガスは主役の座に上がらなかった。どうしてか。火災を起こせば、広域に毒ガスを撒くのと一緒なんです。もっと徹底している。昔風の戦は、敵が攻めてくる、こちらは一丸となってそれを迎え撃つ。で防空演習なんかをやったんですが、いざ空から一面に落ちてくるとなると、いままでやったことがまったく非現実だったとわかるんです。いままで現実と思っていたことが一度に非現実となる。このときの恐怖は底知れぬものなんですよ。

殲滅される羞恥と屈辱

西部　僕は札幌近郊だから空襲を知らないんで、後追いで知るんですが、ルメイ将軍の指揮のもとでやったことは、関東平野に北風が吹いていた、風を計算して焼夷弾をグルッと撒くと、風が吹いていますから火事が起こる、鼠を焼き殺すように、しかも効率的にいかに鼠を殺せばいいかということでした。

古井　それは初めからきちんと計算されていた。それ自体が方法と技術の組織で、綿密な計画に従っているんです。実に整然とやる。どういうふうに爆撃機が侵入していって、目標火災と言うのですが、まずこの範囲内を焼けと指示して、だんだん内側に詰めていく。これは殲滅なんです。日本人は、軍人はどうか知らないけれども、一般国民は本当には殲滅戦という観念がなかった。ところがそれがもろに上から降ってきた。

そのときに子どもながらの反応がある。ここまでやられればこの戦は負けだとわかりますよ。屈辱感を味わう。屈辱感と、それから羞恥の念です。何で子どもが恥じなければならないのか。子どもが自分の不明を恥じることはないと思われますが、そうはいかない。屈辱と羞恥、この二つのものが交じると恐怖がいっぺんに増幅する。

古くは、戦はそれぞれの神と神の闘いだった。守護神と守護神です。戦に負けることは自分たちの神が負ける。このときの屈辱感と、「自分たちのほうに罪はあったのではないか」という羞恥心ですね。それによる恐怖の増幅は大変でした。敗走という言葉が使われますが、僕はそれを知っているんです。足でも走るけれども精神の敗走でもある。

西部　そうなんでしょうね。くだらない説明ですが、大人たちがその屈辱と羞恥を誤魔化すために、わかりやすく言うと、アメリカ仕込みのデモクラシーとかそういうフレッシュな（新しい）ものに自分たちは目覚めたという、できあいの新説の物語を作って、それで自分たちを屈辱感と羞恥心から解放しようとしたんでしょうね。それがまだ七十年も続いている。

司会　古井さんの『半自叙伝』の冒頭に「クニとクニとの戦《いくさ》は、同時にそれぞれのカミとカミとの、守護神と守護神との闘いと太古には考えられてい」て、そして「おのれの神の敗れたのを感じて敗走する民の恐怖」という言葉があって、その後に、「大人の意識から払いのけられたものが、無防禦な子どもの内へ乗りうつる」と。いまおっしゃったように、大人はいろいろ誤魔化すことができるかもしれないけれども、むしろ七歳、八歳の子どものほうが無防備ですから、屈辱とか羞恥を含んだ恐怖が子どもの心の中に形成される。

古井　経験がない人にはわかりにくいかと思うけれども、恐怖と同時に、安堵感があるんですよ。あたり一面焼かれてしまえばもう恐くはない。何回かにわたって不安をかいくぐったのちのことです。これは欲も得もないものです。命あっての物種です。人は会うと無闇におしゃべりになる。下《しも》がかった冗談が飛び交う。この安堵感の中にももちろん屈辱が交じるんです。

ドイツのベルリンは何度にもわたって大空襲に遭う。ある朝、あたりが瓦礫の原になった焼け跡に、ゲッペルスがふらりと出てきて葉巻を吹かしていると、あたりに人が寄ってくる。袋叩きに合うかというとそうではない。ファーストネームを呼んで、「やあやあ元気かい」とくる。やがて葉巻を回し飲みする。

西部　その後でゲッペルスは六人の子どもと妻と一緒に服毒自殺をするんでしたね。

司会　ヒトラーの側近でしたからね。

西部　まだ見ていない名画のことなんですが、ちょうど日本帝国が敗北するときに、横山大観が一枚の絵を描いているそうです。それは南太平洋に日が沈む一瞬の風景、それだけなんですって。

どうも敗戦当日に描いたらしい。それはやはり神々の闘いで日本の神が敗北して、その敗北の姿を南太平洋に日が沈む、暗い海に夕陽の最後のそれがある。そういう絵があるんですって。あのとき、絵かきたちはそういう感じに打たれたんでしょうね。日本人にとっては一種の世界の崩落です。一挙に時代が崩れ去っていく。そういう感覚を持ちながら得られるというのは特権かもしれません。

僕なんてたかだか札幌近郊です。それでも米軍が来ましたので石つぶてでインティファーダ（反乱）をやって、銃砲がこちらに向いてからそそくさと逃げて、あれも若干屈辱でした（笑）。

古井　そうでしょうね。

平坦化の時代を切り裂く「特攻」

司会　空襲は大量殺戮ですよね。戦後の日本は経済復興して高度成長になって、平和なのか豊かさなのか物質主義なのかわからないけれども、大量・マスが、今度は死とは別の側面で戦後日本の七十年を覆い尽くしてくる。

古井　戦中に開発された殲滅の技術と方法が戦後に、日本だけではないですよ、経済成長の元になった。戦争で開発された技術が後に産業に使われたことは確かです。コンピュータもそうですね。無差別空襲と経済成長の市場主義は、平たくならしていくことでは一致するんですよ。

西部　大量殺戮のことをジェノサイドと言います。ジェノはジェネラル（一般的）だから平たく一般化して殺してしまうことです。それを戦争でやり、そしてテクノロジーがきてすべてを数量の次元に還元してしまう。ですから戦争と戦後の物質的繁栄は表裏一体なんです。

古井　近代の経済主義でも市場を平たくならしたほうが、効率がいい。大量販売ができる。しかし市場を平たくならすというのは人間も平たくならすということです。個性という言葉は業《ごう》みたいなものですからあまり使いたくありませんが、個別性を失わせていく。

個性を唱えれば唱えるほど個別性の意識を奪われる。人間なんてでっかい目で見れば、だれも彼も同じようなものです。だけどちょっとした違いがある。この差がそれぞれにとって大きいのです。それで人はそれぞれ半生あるいは生涯、苦しむ。そういうちょっとした違いも消そうとしているようなものです。

西部　大量殺戮《ジェノサイド》はすべてを平たくしてしまう。あの大規模な第二次世界大戦のときに、本当に個性的と言えるものが一つあった。僕は軍国主義者として言うのではないのですが、いわゆる神風特別攻撃隊というものがあった。残虐かどうかは別として、国家的な意思決定に殉じて、生き延びること能わずという形で爆弾を持って十九、二十歳の青年たちがたった一人で飛び込んでいく。それを日本は国家の決意として企画した。

あれは確かに個性なき第一次、第二次世界大戦、要するに毒ガスと原爆の時代である二十世紀前半に、恐ろしく個性的な戦法だという評価もできる。僕はあの特攻についてだけは、悪口を言わないと決めている。
古井　特攻隊に関しては、これぱっかりは僕の内でこなし切れない。つまり自ら進んだかあるいは不本意だったかは問わず、一度乗り込んでしまうでしょう。飛び立つ。飛行機は精密機械だ。これを操縦しなければならない。そして敵に突っ込んでいく。狂っていたらできない。ぎりぎりまで精神の平静を保つ。ぎりぎりまで意識を澄ませる。しかも先はない。これがどういう気持ちだったか想像しようとしてもしきれない。だからそういう人たちがいたということに、はっきり言ってうなされる。畏怖の念はある。岡目八目《おかめはちもく》はむろん、たやすく同情者にもなりたくない。十五歳の特攻少年もいたそうですね。
西部　神風特攻のことを軍事論とかではなくて、人間の実存的な意識、実存というのはこの場合、意識の根源みたいなものですね。そこにいた青年たちの意識の根源的な姿。九州の知覧《ちらん》や鹿屋《かのや》から出発して、そして数時間持続する意識なわけでしょうね。
古井　特攻隊のことばかりはどうしても想像し切れない自分を見て、自己問答するわけです。「お前は死なないつもりでいるのか」と責める声がする。いずれ同じ境地に入るのかもしれないよ。病死にしても、仕舞いにはね。
西部　いいことをおっしゃっていただいた。僕もそういう意味で、別に戦争でなくて、人間個人がいよいよ、たとえば癌でもいいんですが、自分の余命を察知する、あるいは医者から宣告を受けたときに、最後の数カ月でも数年でもいいんですが、どういう死に方をするかといったときの一つの選択肢として、自分で飛び立って自分で死ぬという計画なり想念なりがずっと残る。意識のありようから言うと、やはり特攻問題は死に方の問題として残るんです。

司会　あの世代の方は、特に学徒で出た人たちは、西洋の哲学を読んでいました。たとえばキルケゴールの哲学の決断とか、実存ですね。それを勉強して自身の内に持っていて、自分がそういうところに入っていった。特攻隊の遺書を読みますとそういう言葉が残っています。私も読んで衝撃を受けるのはそのところです。

古井　まだ十六歳か十七歳の特攻隊の少年。少年だから地元の人がかわいがってくれている。明日は出陣というそのときに、「あなたたちはいいな、明日があるものね」と言う。こういうところに僕らも追い込まれる可能性がこれからある。そのときにどういう気持ちだろう。これは書くのに難しい。

西部　「危機、危機」と言われているので、クライシスの語源は何だろうと調べたら、ギリシャ語からきているらしくて、クリシス、決断という意味らしいですね。

古井　分かれ目ですね。元は「分ける」という意味なんですね。

西部　「状況が危機的ですね」と言いますけれども、実は危機的ということは分かれ目ですから、右にするか左にするかの決断を各人各様にする。それはたとえば一個人でも、もうじき自分は死ぬなという生と死の分かれ道で、何かを決断するということを、古井さんがおっしゃっているわけです。もちろん、人任せにするという決断もあるのですけれども、自分で決めるという決断もある。

古井　特攻隊員のほかに戦災孤児がいる。上野の地下道などにいっぱいいたわけです。僕も子どもの頃、親に、「あんた、一つ間違えたら戦災孤児だったよ。何を贅沢言うんだ」と散々言われました。とりわけ、凍《い》てついた冬の夜にそう言われたものです。

あの中で亡くなった人も多い。しかし、かなりの数が社会の中に吸収された。経済成長も凄いものだなと一方では思います。生活に戻っている。

孤児院みたいなものに入って、本人はどこのだれだかもう思い出せない。どこで親と別れたかわからない。孤児院で名前をつけてもらって、それが一生の名前になる。働いて家庭を持って子どもを作って、老齢に入っても記憶が戻ってこない。自分がどこのだれだかわからない。ついには家族からも離れて、単独の余生になる人もある。この生き心地はどんなものだろう。空恐ろしいと思う。

あの人はまだ三十代なのかな、それを調べたルポライターがいますね。どういう関心を持ったのか。感心して毎号読みました。僕が前から感じていたことが書かれていた。生きながらえて、その空襲に出会った以前の記憶が甦らないことがある。自分の記憶の根もとが断ち切られている。他人事として聞けない話です。（石井光太『浮浪児1945　戦争が生んだ子どもたち』新潮社、二〇一四年）

西部　歴史が時間の連続で、しかも言葉の継承の流れだとしたら、自分がどこから生まれたかわからないという意味で、始まりがわからない人たちがいる。そういうレベルでも大戦争というのは意識の深いところで歴史を切断したんでしょうね。

古井　そうでしょうね。

科学が呪術となる時代

司会　戦後七十年ということで、戦争のたいへん深いお話をいただきましたが、その後、日本は高度経済成長に入っていく。古井先生も小説家として作品を書き続けられるわけですけれども、『夜明けの家』という一九九八年にお書きになって出されたものがいま文庫になっております。これは元々雑誌の連載では「死者たちの言葉」というタイトルで、本になるときに改められました。九八年ですから、この作品に投影されている歴史的な現実で言うと、一九九五（平成七）年に阪神大震災がありました。もう一つはオウム真理教による地下鉄サリン事件ですね。これは八〇年以降の経済バブル、その崩壊があった後に、日本の社会あるいは日本人にショックを与え、我々が戦後ひた走ってきたような経済成長、物質主義といったものは何だったのかなどいろいろな問いを投げかけた。一方は自然災害で、一方は事件でしたけれども、あるターニングポイントになった時期だったのではないか。

古井さんは直接それをルポルタージュでお書きにならないんですけれども、文学の言葉の中に入れてその作品の世界を形成していく。そこに人間の生き方とか死をどうとらえるかという意味で、「死者たちの言葉」という最初のタイトルになっていったのではないかと思います。そういう作品をお書きになっています。このあいだの東日本大震災についても古井さんの最近作には色濃く出ていると思います。

西部　オウム事件なんかを見ていても、東大工学部出の科学系統の信者たちがいて、あれはオウム真理教で宗教原理主義の事件だと解釈されていますけれども、違うのではないか。その意味は昔、レヴィ＝ストロースが宗教と呪術の違いを論じていて、呪術は未開民族の科学的精神であって、原因があって結果があるととらえられている。

たとえば先祖が悪いことをして、それが原因になって、先祖の祟りで結果として子孫が不幸になるという、因果関係に持ち込むという思考パターンです。それに対して宗教の世界観は、そもそも因果関係の成り立ちがどうなっているかということを、もうちょっと広く大きく探ることです。

修行が足りないからお前は駄目な奴だとか言って、サリンで燃やしてしまう。そういうふうに原因を訪ねていく。大雑把に言えばそんな科学の時代がとうとう宗教的なるものを飲み込んで科学の産物としてのサリンが出てきたのかという印象で、オウム事件こそは科学の行き着く先なんだと思った。

それと同時にオウム事件が典型的なのは、あんなふうに街頭や地下鉄でサリンを撒いてはいけないはずなんです。つまりあの事件は人々が当然として守ってきた基準が投げ捨てられている。地下鉄で毒を撒いてはいけない、こんな殺し方をしてはいけないといった、ナチュラル（自然かつ当然）と思っていたクライテリオン（基準）がとうとう崩壊していく。親子でも夫婦でもいいですが、歴史的な当然（ナチュラル）なもの、これだけ長く続いたんだから歴史的自然として守らなければならないというスタンダード（標準・基準）が溶けて流れていく時代に入ってしまったのかと思った。

古井先生がなさっているのは、「自分の記憶なり歴史の流れを振り返ると当然のものがあるはずだ、これは何だろう」と思って探ってらっしゃる。でも世間的にはそんなものはないという流れになっている。

古井　結果があれば原因がなくてはならない。それが自然科学の立場ですね。本当の自然科学者に言わせると、なかなかそうはいかないんだそうですけど。

呪術の立場だとどうしても原因を作らないと耐えられない。科学が先鋭化して行き詰まると呪術的なものが出てくるのは必然なのではないか。一方哲学は初めが何かを訪ねる。この質問がまた出口がない。「初めが何だ」では、「その前は何だ」と際限もなくなる。古代ギリシャの時代から絶望しているわけです。そこをうまく話したのが仏教でしょうね。色即是空とか。

小説家ばかりではない。人はいつもストーリーを作りながら生きています。物事を論理から判断していると見えても、自分が作ったストーリーの中に当てはめて意味付けていく。人は時々行き詰まる。ものの見方が変わるというのは、そのストーリーを変更しなければならないときなんです。それまでのストーリーを検討し直さなければならない。その立場が文学だと思います。

西部　未来をどのように予測するか。予測の前提はとなると過去に遡及しなければいけない。過去を想起し未来を予測する、その中間点にいまの「現在」という瞬間がある。それ自体物語ですね。ただ予想も遡及も必ずしも調子よくいかなくなってくるときがある。そこで文学がそれを探究する。

お二人にお聞きしたいんですが、僕が文学にあまり深入りしなくなった一つの理由として、眺めていると文学はしばしば異様な出来事を扱う。たとえば近親相姦でも何でもいいんです。少年惨殺でもよい。ともかくパヴァーション（変態）ですね。これは別に性的なことを言っているのではなくて、何か正常ならざるもの、変態的なもの。確かにそこに真実が写されているという可能性がありますので、パヴァーションを文学が扱いがちになる流れもわかる。しかし僕は、古臭い人間なものだから、変態を変態として見分けるためにも、変態ならざる正常、ノーマルな基準がないと、変態が何であるかすらわからなくなるだろうと思う。

古井さんに言っているのではないんです。古井さんは正常なものを探しておられる方だと思いますけれども、そういう漠たる文学というジャンルについての不満が私にはある。

司会　そういうところはあると思います。自然な、歴史的な、文化的な、あるいは人間の良識とかコモンセンスがある。戦争もそうだし、事件もそうだし、人間の心の中にある事柄がそれを断ち切ったりする、あるいはそこが大きく歪んだりする瞬間があります。おそらく時代的にもそういうことはあるし、個人の生涯の中にもあると思います。そのときに文学の言葉が、正常ならざるものを、どれだけ描けるか。そこは大事な文学の言葉であろうし、しかもそれをやはり言葉として美しく描けるか、あるいは言葉としては真善美の基準ではないですけれども、正しく描きえるのか。難しい言葉と現実、言葉と異常との関係の中に置かれているのではないか。優れた小説家や詩人は、そのときに言葉を繰り出していくということがあるのではないかと思います。

なぜ「老」を嫌うのか

西部　正常の具体例を挙げると、平凡なことなんだけれども、他の事情にして等しければ、老いた人間のほうが若い人間より優れているに違いない。なぜならば、経験の質量が違う。そうするとナチュラルな基準として、日本語で言えば敬老精神になるんですが、老いに対して敬意とは言わないまでも関心を払う。それをなくすのがイノヴェーションという新しいことですから、新しいことがいいことだとすると、老いとは古い人間のことにすぎなくなる。小説に限りませんが、若さに重点を置くような表現を見ると、我知らずムカッとくる癖が私にはある。

司会　「青春小説」がありますからね（笑）。でも評論家の中村光夫が、「文学は老いの事業である」とある時期に言って、古井先生の『夜明けの家』（一九九八年）は還暦の坂を登るのか下るのかとお書きになっていますけれども、御自分の年齢とか時間とか老いの意識から生まれてくる、一つのストーリーが紡ぎ出されるのではないかという気がします。

古井　六十歳の坂にかかる頃から、不思議にも思ったし、不可解にも思ったのが、世の中が老《ろう》という言葉を嫌う。たとえば老人と言わないでお年寄りと言う。これは実はずいぶん無礼な言葉ですよね。「お宅の御老人」、「家《うち》の年寄り」です。さらには老齢と言わないで加齢と言う。後期高齢者で揉めたら「寿」という言葉で誤摩化そうとする。老いというのは非常に値《あたい》の高い言葉だったんですよ。

西部　本当にそうで、中国語で老師《ラオシー》と言うのかな。これは尊敬語で、それに対して「先生」は何とか「さん」みたいなものです（笑）。

古井　いまでも老人と言われたらちょっと照れますよ。それだけの資格は僕にはありません（笑）。生老病死と言いますが、生まれる苦しみは生まれた苦しみですが、その後、病気をし、歳をとって死ぬ。この四つのことを消していくような世の中だね。

入院して病院の窓から町を見渡していて、いまの世はやはり老病死を容《い》れないように作っているなと思った。最近はアンチエージングと言うのでしょう。自分に対する冒瀆ではないかと思う。歳をとるということは尊いことではありませんか。

西部　お若い衆にはわからないのは、老いると内面的に何が起こっているかというと、若いときのこと、幼児の頃、少年の頃、青年の頃のことが人様にはそう簡単に言えないんだけれども、それが生き生きと艶やかに甦ってくる。老人の内面にあっては、ちょっと努力を必要とするんですが、自分の経験・体験をもう一度解釈し直すと、とうに過ぎ去った何十年前のことが色艶よろしく心の中に甦ってきているという意味で、若者よりはるかに若々しさを内面的には取り戻している。そこが表現するのに難しくて、語る言葉がないのと、相手はそもそもわかってくれようとはしませんから、語ってもしょうがないという厄介なことになってくる。

古井　幼年が少年になって青年になって中年になって初老になって老人になる。こういう流れで来るわけです。上流は急流だが、河口になると流れが淀んで、幼年も少年も中年も初老も並列するんです。そのままやがて、死という、あるいは永遠という、大海にそそぐ。

僕の文章もひょっとしたら七十歳を過ぎてからのほうが若くなっている。そう思います。と言うのは、若い頃の感覚になりやすい。それまでは若い頃の自分を妬んでいまして（笑）。青年時代がすっと寄り添ってくる感覚がいまではあるんです。

西部　世間的に言うと老人が内面的に取り戻している記憶、思い出としての、あるいは解釈としての若さを人に伝えるためには、家庭も含めてですけれども、ある種の社交の場が必要なのではないかと思う。酒場でもいいんです。そういう場所がまた実際に失われている。家庭崩壊は言うに及ばず、酒場だってパターン化された会話と酒の売り買いしかない。言葉の流れを楽しむ場所がなくなってしまった。

古井　そういう場所にはルールがいるな。威張らない、人を罵らない、自分ばっかり喋らない（笑）。

司会　現代社会論に傾いてもいけませんが、やはり戦後は、日本ばかりではありませんがグローバルとかイノヴェーション、大量消費、大衆社会となっていくと、作っては壊すの連続で、そういう社会にあまりにもなりすぎた。何かが持続していく感覚、自分が歳を重ねていくことの自覚がどこかで飛んでしまうような奇妙なことになっている。

古井　デジタルになっているんですね。

司会　ある時期から、老年と幼年の魂の往復が古井さんの作品の中に出てきているというのは、いまの社会に対する問いかけになっているのではないかと思います。

古井　我々年寄りはまだしも集まって話す場を作ります。やはりきついのは若い人でしょう。集まって寛《くつろ》いで話せる場所がなかなかない。恋人同士でも気の毒だと思うよ（笑）。向かい合って静かに話す場所なんてないよな。まわりが五月蠅《うるさ》いしね。

西部　いろんな悪い原因があって、一つはサラリーマン文化で上司と部下が集まって、男でも引きつったようなケタタマしい笑いを繰り返している。部長が言った大して面白くもない冗談に部下が一斉に声を揃えて笑いで唱和する。もう一つは若者たちがインターネットその他を酒場でまで持っている。
　つい最近のことですが、自分の後ろの丸テーブルに青年が二人座ったのを気配で察しました。一人の青年が後ろで喋り続けるんです。それに対する回答が、もう一人の人間がいるはずなのに、まったくない。カネを払って帰ろうとし、回らぬ首を曲げて後ろを見てギョッとしたのは、一人は空中に向かって喋っている。相手が膝の上に携帯を置いてピコピコ押している。その意味がわからなかったのですが、結論に飛ぶと、実は喋っているほうは何とかイヤホンを耳に入れてそこにいない第三者と喋っていたらしい。
古井　（笑）。イヤホンとマイクが一つになっているんでしょうね。
西部　何でその二人が一緒に酒場に来たのかということが不思議として最後に残るんですが、ともかくそういうことが広がっている。会話の中で老人が若いことを思い出し、若者が老について思いを馳せるという言葉のやり取りがないのは世界的な現象でしょうね。
　そうなってくると、数カ月前に偶然酒場でお会いしたときに、古井先生が、御記憶かどうか、こうおっしゃったんです。「西部君、自分たちにはまだやることがあるのではないか」。僕は黙っていたんですが、あのときにふと言おうとしたことは、「ありません」。これは絶望のにこやかな表現ですけれども。
一同　（笑）

司会　大いに「ある」のではないでしょうか。

古井　ないというくらいの気持ちでやったほうがいいね。歳をとれない苦しみがいまの世の人間にはあるんですよ。なかなか歳を積み重ねていけない。何事も新規また新規でしょう。新規のたびに過去は御破算になる。それまでの体験はどうなっているのか。

僕の世代にだってそのへんは罪があって、若い頃にコンピュータが導入される。そのパイロット役を若い者にやらせるわけです。導入を進めていくと年配者が段々うなだれていくそうです。そのうちに、仲間内で集まって昔はこうだったと愚痴ばっかりで、仕舞いにはノイローゼ気味になる。僕と同期の人間が自分も歳をとってからそのことを思い出して、悪いことをしたと言っていました。歳をとりにくい。

西部　古井先生は書き続けていらっしゃるわけです。私は、最近、何をやっているかと言うと、電動マッサージ付ベッドに寝て、高校生の頃に聞いた三橋美智也という歌謡曲歌手の民謡調の歌を、真っ昼間から電灯を消した真っ暗闇の寝室で、一人で歌っているという姿です（笑）。古井先生は文筆の仕事を続けて……凄いなと思いますね。

（二〇一五年二月二十六日）

第二章　秋山駿×加賀乙彦×西部邁

一　人生の表現

秋山 駿×西部 邁

司会：富岡幸一郎

「何でもない私」という大発見

司会　秋山さんの出された批評集『私小説という人生』（二〇〇六年）を面白く読んだものですから、お話をうかがおうとお邪魔しました。取り上げられているのは明治の小説で、田山花袋、岩野泡鳴、二葉亭四迷、樋口一葉、島崎藤村、最後に正宗白鳥と出てくる。秋山さんがこれだけまとまって明治の作家たちを取り上げられるのは初めてだと思いますし、私小説って評判が悪くて、文芸評論家は近代文学のなかでも特に私小説を批判することで一つの地位を築いてきました。

西部　そういう風潮はいつ頃からあるものなの？

司会　明治の頃からあったと思いますよ。中村光夫なんかもそうですね。

秋山　戦後は特にそうですね。

司会　だいたい文芸評論家は、私小説が日本の文学を狭くしたと言う。西洋の文学を持ってきたけれども、立体的なものが平板化されて、単に〈私〉のまわりのことを書いている、という形で退けられてきたんですけれども、秋山さんは改めて、「本当はどうなんだ」という形で丁寧に読まれている。たとえば田山花袋の『蒲団』（一九〇七年）には非常にいいものがあって、それは文学的な工夫というよりも、〈私〉という存在を通して人生の実相を描写することにおいて非常に徹底している、と。その時代から百年ほど経ってみると、それが文学の富であるし、日本語の成熟のうえで大事なものがここにあることがわかる。そういう形で読み直された。

つまり彼らは「直写」というものを一所懸命やっているんですね。けれどいまの文学は、いわゆる描写をしなくなっている。文学だけじゃなくて、社会評論、政治評論、経済評論にしても、ものをしっかり見たうえで何かを語る、表現するということがなくなっちゃっていて、解釈とか注釈とか情報は溢れているけれど、真実を見るという眼差しがまったくと言っていいほどなくなってしまった。そうなってくると、明治四、五（一八四一、四二）年生まれの彼らの小説や評論は、実は非常にしっかりと表現しようとしているし、実相を見ようとしている。これは単に文学史の問題じゃなくて、日本人のいまの姿を問いかける大きな意味がある。そのあたりをうかがいたいと思ったんです。

また、いま教育の議論はいろいろされてますけれど、教育基本法が改正されても、教育再生会議というものが議論していても、どうもぴんとこない。基本法の改正もいいけれど、もっと根本的な、人間のあり方、人間をどう見るか、自分の生の実感というところまで戻らないと、教育の技術論や組織論をやっても仕方がないじゃないかという思いがありますので、今年七十六歳になられた秋山さんにも、この本を通して、人生について語っていただきたいなと。まずは今回、『私小説という人生』をお書きになった経緯から聞かせてください。

秋山　日本の近代文学のなかで「純文学」と言われたものの中央を流れていたのは、結局、私小説なんですね。そこには二つの面があって、一つは私小説というものにすごく魅力があって、みんなこれはいいものだというのがあった。二番目に、司会の富岡さんの言葉で言えば、私小説は日本の近代文学のもっと豊富な内容であるべき可能性を狭くした、というところから批評家に攻撃される。この二点なんだよ。この二つのことをちゃんと解きほぐさなきゃいけないと思って。だから一つは、この私小説というものは本当はどういうものか、次になぜ攻撃されたか。どういうものかというのがまさに第一なんだよ。少し観点はずれるよ。みんな漠然と作品内容は覚えてるけれど、基本は一人の何でもない普通の男の思ってる心の内容を書く。そんなこと、明治まで考えられたことがないんだよね。日本の歴史で、小説でなくても、何でもない一人の普通の男、それを主人公にするなんてのは全然なかった。それを初めてやる。こんな凄いこと、ない。

日本の近代文学で私小説を始めたあたりの人々って、「小説というものはどういうものか」、「小説は何をなすべきか」という思いがあった。それがまっしぐらにいったわけだよね。何度も言ってるけど、みんな、そりゃ自分は持ってますよ。その自分というのは、何でもない自分じゃなくて、身分とか家とかの枠組のなかの「自分」だよ。よく例にとるのは、源の九郎義経だって何人もいた一族のなかの、何かだよね。それはもう、すでにそこでその人の全部が規定されてるわな。そうじゃない何でもない人が主人公になるというのは初めてのことですよ。それがどんな凄いことだったか。みんなそういうことを漠然と感じたから、どっといったんですよ、「ああ、小説というものはそういうものだ」と。そりゃあ西洋文学からの影響もあるけど、自分たちがそれをやろうというときに、何でもない人を主人公にするってのは大発見なんだね。

何でもない人といったって、やっぱり最初に問題になるのは〈私〉だよね。ここで初めて、小説の形で「何でもない私」というのが確立されるんです。いまだって確立されてないかもしれないだろう？　何でもないと思ってることを、意味があるんだ、価値があるんだとした。いろんな劇の主人公と比べても変わりなく価値があるなんて初めてですよ。これは凄いことなんだ。意識上の革命というか、日常生活の革命なんだよ。それを漠然と感じたわけだよね。だからみんな乗っていった。

第二番目、なぜ攻撃されたかというと、これは日本の言論のあり方なんだね。この言論のあり方は今日も続いていると思う。だから、あまりいちいち人の名前を出しちゃよくなかったけど、批評家の小説論の書き方、作品についての解説って、結局のところ、自然主義というものが西洋文学のなかにあったと。そこからの反転だけで言ってるわけですよ。外国の文脈のなかに置いて、そこで攻撃してるわけだね。それで、富岡さんが言ったように、私小説が日本文学の可能性を狭くしたという言い方がされてきた。

けれど、そのときに何が見落とされてるか。別に治安維持法じゃないんだよ、文学は。あなたが私小説を書いてるって聞けば、私は隣で別の小説を書くね。そんなのは文学の前提として当たり前のことでしょう。同じものをやったら馬鹿なんだから。そこのところが抜けちゃってるの。だれが命令したのさ、私小説書けって。〈私〉を書くというのは命令じゃないですよ。そこのところが抜けちゃってるから馬鹿みたいなことになる。批評家は頭いいからね、西洋文学やって、自然主義というのはこういうことだと。考え方はいろいろ分かれるよね。ゾラとかああいうのを出してきて、それに比べるわな。でも、そんなこと頼んでないですよ、日本の私小説作家は。ぜんぜん違うところがあったんですから。

一例だけで言えば、日本だって旧制の一高生の寮歌デカンショ節は、デカルト、カント、ショーペンハウアーだよね。彼らは「コギト・エルゴ・スム」のデカルトの何を読んでたか。本当はデカルト自身のなかにその言葉を見つけるのは骨が折れるんだけど、「〈私〉とは何か」ってことなんだよね。それが流行ったんだ。みんな思ってた、この〈私〉とはいったいなんであるか、どういうものか、と。〈私〉という考え方は、新しい発見だったんだな。それを教えられたわけじゃなくて、触発されたんだ。だから、「ああ、そうか！」ということで立ち上がってくる人がいるでしょう。

司会　田山花袋も『蒲団』なんて作品は、教え子の女学生への恋慕みたいな話ですが、秋山さんは彼が書いている言葉に注目されて、もちろんストーリーとしての劇も必要だけれど、それをとらえる「言葉」に面白さがあるし、それはいまおっしゃった〈私〉というものから発してる言葉だと。近代文学といえば、代表するのはやはり漱石ですよね。ただ漱石は非常に教養があったわけで、学者の言葉がまざっている。田山花袋の場合、学者の言葉を使わないで、市井のというか、道ですれ違う平凡な私としての言葉みたいなものが出ていると。

秋山　何でもないところにいる何でもない人、それを主人公にして、その人の思ってることやなんかを書くわけだね。思想という言葉までは使わないけど、人間、だれも思い悩むよね。人生の岐路に立てば思い悩むことも深い。それを書く。で、同じく何でもない人に読んでもらおうと思うから、小説の中になるべく学者流の単語を出さないようにした。そういう意味では彼はよく勉強してるよ。

ところがそこのところを批評家に梃子《てこ》に取られて、「知識人的な問題が入ってない」と言われる。小説家が「小説とは何か」とか、「自分が小説を書くには」と考え抜いて掲げた意志をぜんぶ脇に置いて、知識人的な問題が入ってないということを言うわけだけど、そんなことって普通の人にはあんまり関係ないんだよ。ごく普通の人の言葉なんだから、逆に入れたら駄目なんだ。我々は戦争や敗戦なんかがあったから芸術自体にも大きなドラマがあったと思うけれど、ごく普通の何でもない人は、毎日が繰り返し、要するに日常の、平凡な生活の中にいるんじゃないか。人がそこで生きている。そこの中で、「生きるということはどういうことか」、「人生とはどういうものか」、そこを徹底して追及してるんだな。ドラマがないところが舞台になってるんだから、これが本当のものだって言っているのだ。そこのところを全部脇に置いちゃって、こういう問題がない、ああいう問題がないと言ったってしょうがないしね。

〈私〉を描写するという難題

秋山　そうすると、何でもない人を主人公にするときにどうしたらいいか。何でもない人が生きているもの、要するに平凡というのをどういうふうに書いたらいいかを努力するわけね。だから描写論が出てくる。批評家は何か言っても、描写論なんて書いたことないじゃない。

司会　僕もびっくりしたのは、彼ら小説家は、描写論をけっこう書いていますよね。あるいは随筆の形をとってますけど、非常に深い表現論を書いている。花袋も藤村もそうだし、もちろん白鳥は批評家でしたから。そういう意味では大変な努力と工夫をもってしてものを描く、人を描くということをやってきた。そのことがすっかり忘れられている。

秋山　どんなに大変なことか。

司会　私小説は西洋の自然主義のなかから出てきて、ゾラやルソーの『告白』（一七八一年）、それからドストエフスキーやトルストイなんかが非常に大きな影響を与えているわけですけれど、そういう意味では明治以降、日本の中で日本語でものを書くという徹底した言葉の戦いをやってきたと思います。それが一つの表現をなしていたということは、ちょっと驚きでもある。

秋山　だから二つのことが褒められなくちゃいけない。一つはそれまでの日本に、日常の具体的なことを真面目にこまごま書くというものがないということ。日常を書くだけじゃなくて、具体的に書くということがなかった。それからもう一つは、こまごまと書くためにはどうしたらいいかということで、彼らがああいうふうに文章を作っていった。同じ時代に、もし本当の思想家がいたら、それは哲学のほうでもやんなくちゃいけないことだった。それが日本にはないんだよ。彼らがやった小説の言葉というのは、ふつう批評を書くときのような、哲学の言葉に近いものがある。彼らは言葉をいちいち選んでいったんだからね。我々はいま、彼らのおかげでこんなふうに喋るようになってるんだよ。私小説作家がやった仕事があるから、今日の日常のこまごましたこと、それから自分の人生の悩みとか、それに言葉を与えて解放したんだね。これは大きいことですよ。

冗談みたいなことを突然一つ言うけど、「どんな人も一つだけいい作品を書ける」と言うでしょう。「ただしそれには自分を裸にして書くことだ」と。それをみんな、何とも言わず信じてる。昔から小説を書くカルチャースクールで言ってたろう。今日でも言ってるしさ。でも、裸にして書くってことは辛い。それを徹底させたということは凄いことですよ。

もう一つ冗談を言うと、近代的自我なんて観念は余計なお話で、彼らのおかげで、「そうか、私というものを大切にしなくちゃ」と思うでしょう。〈私〉は明治の三十年代後半からずっと来てるんだよ。そこからいろいろとものを思い、「私だって何かを言っていいんだ」となったのは私小説のおかげですよ。だから私小説全盛のときは、言論のほうが〈私〉を封じ込めて煽動するように戦争を押っつけたりするのが、少し乏しかったと思うね。いまのほうが利口そうなことを言ってるけど、いまの知識人のほうが〈私〉がないよ。世間やマスコミの全体に媚びた、むこうの言葉で言ってるから。

西部　いわゆるネガティヴな意味での評論家的なもの言いで恐縮なんだけれども、裸になった自分、あるいは具象をひたすら描き続けた果てに出てくる〈私〉というのはいったい何なのか。僕の知識では、かつてアリストテレスが、神様の如きimmovable moverつまり「不動の動者」と言った。つまりこの女を描くとかあの食い物を描くとかして、具象は絶えず人生の機微にわたって動き続けるんだけれども、それをずっと描き続けていると、そこに何か動かざる感覚が出てくるんでしょうね。あるいは裸になった自分を見ている自分、それを見ているまた自分となると、どんどん自分の次元が当初の自分からずれてきますよね。そこで出てくるのは何なんでしょうね。

司会　花袋の『蒲団』って、もちろんストーリーとしては妻子ある男の横恋慕なんですけど、その主人公が、いろいろな思いを持てあましながら夜道を歩いてる場面で、単なる対象としての女への思いだけじゃなく、そんなものを超えた「私とは何か」という思いが深まっていくシーンがあるんですね。その思考は〈私〉から出発するんだけれど、自分のなかだけじゃなくて、「時間とは何か」、「永遠とは何か」、そしてそれこそ「人生とは何か」にと至るシーンがあるんだと秋山さんが書いていて、私はなるほどと思ったんですよ。

日本の近代文学には『罪と罰』（一八六六年）の影響もあったと思うんですけど、ラスコーリニコフの場合は神様があるわけですね。日本の場合はそれがない。神という問題はないけれども、永遠とか時とかがあって、人生いかにすべきかというとき、まさに動かざる不動の中心に向かって、吸い寄せられたりそれに向かって歩いていったりする。そういうラスコーリニコフ的な歩行――秋山さんは昔から「歩く」ということと「思考」ということをずっとお書きになってきましたけれど、そういうことが実は明治のこの頃に、しかも実験的に書かれてきたことは、一つの成果だと思うんですね。

秋山　西部さんの言われたことは、私小説の急所だよ。それはそうなんだ。ただし別の言葉に置き換えると、自分を裸にするってのは、打ち明けなくちゃいけないことを書くなんてことじゃなくて、「これが自分かな」、「いやこれは他人の影法師でしかないな」というふうに、いつまで経っても終わりはないということなのね。本当はそれが出てくる。それじゃあ、そもそも本当の私とは何だという、そこへ行くわけだな。小林秀雄もボードレールを読んだときに自分とは何かという難題を突きつけられて、それが批評の出発点だと言う。完全にそこから続いてるわけだね。そのとき同時に出てくるのは、「私とは何か」というふうになったら、まわりのものすべてが、たとえば「机とは何か」、「人間とは何か」とぜんぶ疑いの場所に置くことになって、一つひとつ確かめていかなくちゃいけない。本当はそういうはずだったんだよな。それを私小説家も年齢《とし》になってくると、自分なりの解決をしていくよ。それが田山花袋の「時間」なんだよね。だから田山は『時は過ぎ行く』(一九一六年)になる。つまり日本の古来に通じるような、ある情念、塊みたいなものをつかまえにいく。

司会　そういう私小説家たちのやったことが、現代へとあまり継承されなかった。

西部　時間のことで言うと、アインシュタイン的な光の速度なんていう冷たい時間のことじゃなくて、主観的な時間を計る熱い基準がありますね。ある種の実存主義者が、たとえばいちばんわかりやすいのがサルトルだと思いますけれど、病的に主観にこだわるでしょう。僕もいっとき麻薬をやったことがあるんですけど、ちょっとマリファナをやると、ほんのちょっとした時間が間延びして、一分間が数時間に感じられたり、逆の場合もあったりする。ただ、麻薬の助けを借りればそういうことは可能かもしれないけれど、精神病院にでも入らなければ、生活というもの、人生というものに引きずり戻される。そのときに時間を計るほぼ究極の基準に、先ほどおっしゃった生活の繰り返し――メシを食うとか寝るとか病気になるとか、そういう繰り返しが自分のなかに感じられる。一足飛びに言いますが、そうなると、どこかに伝統という感覚がないと、人生という時間が計れない。

秋山　それはあるね。

西部　そういうことは日本の私小説ではどんなふうになってるんですか。

秋山　麻薬の時間じゃなくても、人が別になんてことはなく普通に生きていても、一瞬で自分の運命を透視するような劇の時間が出てくることってあるでしょう。心ってそういうもんだわな。それからもう一つの時間があって、それは毎日の繰り返しだよね。一瞬でいろんなことが出てくるほうの時間で言えば、『蒲団』だったら冒頭の、思いが募る場面。そこが劇になる。もう一つは、毎日の繰り返し。人生という流れのなかの時間だってあるわけですね。そこのところで一所懸命考えたんだろうね。あなたの言ったのは面白い問いだよ。だから〈私〉だけを考える私小説家は歳をとってから歴史にいくんだよ。やっぱりそうなの。みんな結局、歴史にいくんだよ。毎日の繰り返しの時間が社会の流れとも国家ともくっついてる。それがどういうものか丸ごと問い返すと、やっぱりどうしても歴史へいくんだな。

司会　藤村なんかも最初は『破戒』（一九〇六年）とか、自然主義作家として〈私〉とその周囲を書いてますけれど、最終的には『夜明け前』（一九三五年）へいって、血縁と歴史というものを書いていく。

秋山　小林秀雄もそうだよ。『本居宣長』（一九七七年）へいくとかね。

司会　伝統というか、継続している歴史的時間ですよね。明治は大きな時代の変わり目ですけれど、言葉のうえでも大きな切断があった。もちろん江戸時代の人たちが喋っていた言葉の流れも、それから九郎義経が何番目で云々という人間観も含めた言葉の流れも、そこで一回切断されて、その断面から「私とは何か」という新しい問いが出てきた。そういう意味では、慣習的に、惰性的に続いてきた〈言葉〉と〈私〉の位置が完全に一回切られたところに出てきたのが私小説だということになる。そこで非常に強い力が日本人の中から出てきた。政治的な改革、西洋的な改革、文化の改革というより、言葉の中で切断と発見が行われたというところが重要だと思うんですね。

「生」の実感をつかむ想像力

司会　田山花袋は日露戦争のときに『第二軍従征日記』（一九〇五年）、それから関東大震災のときに『東京震災記』（一九二四年）という記録を書いてるんですね。戦争なり震災なりという非日常の現実に立ちあったときにも、やっぱりそこで描写をする。秋山さんの文章で面白かったのが、

「あの対米英戦争の場面に、なぜ花袋のような従軍記が出現しなかったのであろうか、東京大空襲から敗戦の場面に、なぜ『震災記』のようなものが出現しなかったのか、という問いであった。ああ、一人の花袋がいれば」と。

秋山　田山花袋の従軍日記は見てみたほうがいいよ。ものすごいエネルギーなんだ。よく毎日こんなふうに書けたなということが、非常に具体的に描かれてる。震災日記もそうだね。「この世の中も終わりか」みたいな観点が入っていて、「なるほど、こう感じたのかな」と思わせる。ところが、太平洋戦争にはそういう従軍記なんてない。ちゃんとした記述家が志願して行ってるのに、あれに匹敵するのは吉田満の『戦艦大和ノ最期』（一九五二年）くらいで、戦後の日本の文学者はみんなやってないですよ。阪神・淡路大震災のときも少しは書かれてるけど、丸ごとそれをつかまえようと思って毎日歩き回ってないですよ。でも彼ら明治の私小説家には、これはいったい何なのかという視線があったんだよ。

司会　戦後に才能ある作家たちは出てるし、新たな知識人的な言葉も出てきたけれども、「直写」ができなくなってしまったというのはどういうことですかね。

秋山　だから田山花袋のことを、「私小説しか書かない」と言ってる人がどういうつもりで言ってるのかと考えること。私小説を攻撃するのは楽なんだ。本当の苦労はいらないからね。人の言葉を借りてくれればいいんだから、楽なほうに流れてるんだね。さすが外国は言葉に富んでるから、あちらの言葉を持ってくればいい。「主観」と「客観」もそうで、描写論のときにこの言葉が入ってくるとつまらなくなる。いつもデカルト、カント、ショーペンハウアー。特にカントのことが出てくるんだね。

西部　「初めに言葉ありき」として、「言葉」とは何だろうかと考えていくとき、「主観」のほうでは真ん中に自分がいることは疑いようがないから、「自分とは何であろうか」と掘り下げていくと、さまざまな具体的描写がずっと続いて、究極の言葉の限界に内側から巻き付くようにぐるぐる近づいていく。それがおっしゃった私小説のような気がするんです。でも逆に、哲学にも若干の言い分があるとしたら、要するに「客観」のほうでは「言葉」をどういうわけか外側から見るわけだから、たとえば概念とか観念は何だろうか、その前提は何であろうかとぐいぐい追いつめると、結局はこの言葉の限界あるいは精神の限界としての言葉に巻き付いてくる。そういう意味では両者は相補完してるというか、相接近してるとも言える。数学ではこういう環状の限界をリミット・サイクルと呼ぶんですがね。

秋山　なるほど。ところが私はね、日本の哲学者を認めてないの。現実的に自分がこう考えるんだよ、とやってくれないんだから。そういう思考があるべきなんだよ。でもないんです。カントの著述を使って、主観・客観とか、そりゃあいくらでも難しく言えますよ。それになっちゃう。だから日本の言論のおかしさということでときどき出すのが、日本人が「恋愛は神聖なり」なんて言い出す。神聖なんてどういう意味さ。ちゃんと考えてもらいたいね。あっちのほうの言葉ばっかりになっちゃって。いまはみんな精神医学用語ですんじゃうしね。

司会　明治の私小説は非常に苦労しながら〈私〉というものを描こうとしたし、「〈私〉の実感」があった。しかし、いまでは、ものをきちんと見て描くということ自体が日本人にできなくなってきてるんじゃないか。『硫黄島からの手紙』（クリント・イーストウッド監督、二〇〇六年）という映画をやっていますけれど、硫黄島で栗林中将が穴を掘らせますね。五〇度、六〇度の温度になるその壕の中に兵隊が潜って耐えている。西部先生は実際に硫黄島に行かれたわけですけれど、映画を見るとそういうことがまったく飛んじゃってると。脚本家も一所懸命に勉強して作ってるんだろうけど、知識としてそれを知っていても、映画の画面からはそういうものがまったくなくなっちゃったところでの戦争ドラマになっている。人生そのものが蒸発してるというか、人間の感覚、実感がわからなくなってるところで表現をして、「戦争は悲惨だった」あるいは「いや、日本はよく戦った」というメッセージだけが語られるわけですね。そういう意味でも、そのものを描くということがすごく難しくなっちゃってるのかなと。

秋山　ものを見るときには、目で見る、触れてみることも大切だけど、もう一つ、想像力がいるんだよね。我々が何かものをつかむというとき、やっぱり半分は想像力でつかむんでね。想像力というのは現実のものをつかむわけだよ。実際のことをありありとつかむためには想像力がいるんだ。

いまはすぐ映像が教えてくれるから、想像力を使わなくなっちゃってるんだよね。

それと、彼ら私小説作家たちはどこが偉かったかというと、よく「漱石は知識人だ、漱石の漢詩だ」とか言う。でも田山花袋も漢詩がすらすらできる人ですよ。漱石よりうまいんじゃない？（笑）それから昔の雅文みたいのがあるでしょう。さすがあの時代に育った人で、そんなものもすらすらできる。それを捨てて、自分の文章を作ってる。二葉亭四迷もそう。そこは大変なことですよ。自分の持ってる長所を捨てて新しい言葉を作るなんて、ものすごい苦労だよ。だから大変な知識人ですよ、田山花袋も。そういうのをあんまり出さなかったけど。出せばいいのにね（笑）。昔、車で旅行に行った学生が、「田山花袋の紀行文は確かですね」と言ってたよ。どういう具合にものを直写するかが身についてる。それが『従軍日記』にも活かされてるんだね。やってみてくれってなもんだよ、そういうことを。

司会　秋山さんは敗戦のとき十五歳で、敗戦から戦後にかけての日本人の姿や世相はいろいろ書かれてきたけれど、あまりにも違うんじゃないか、だれひとり本当のことを書いてないとおっしゃってる。それが「花袋がいれば」ということともつながる。

秋山　戦争末期から敗戦直後のことはほとんど書かれてないね。みんな受けとりがたいのか、かえって明治のこの頃の人たちのほうが「記録する」という精神があった。戦後はそれがないよ。生きる場所によって経験はずいぶん違うからみんなが嘘だとは言わないけど、そういうことをはっきりした言葉でちゃんと書いてもらいたい。日本のあの戦争末期、敗戦直後のことって、大きな場面にはところどころ出てるけど、ごく日常のところでは書かれてないことがあまりにも多くてね。
というのは金銭のこと。私は小島信夫さんとか、あの年齢から上の人たちに嫌がられてるんだよ（笑）。小島さんもちょっと兵隊に行ったろう。兵隊は公務員だよね。だからそのときのお金をどういうふうにしてるんですかと聞いた。要するに、家族がいて、家族は家族で生活しなきゃいけないじゃないか。だから公務員としてもらうお金をどういうふうにしてるんですかと。軍隊には酒保なんてところがあるもんだから、家族のところじゃなくてそこにお金が行ってたとかいう話はいっぱいある。それはいいんですよ。でもそれは場所によるね。酒保があるところでは金銭を持ってる甲斐があるけど、日本のお金を持ってたって無意味なところもあるよね、使えっこないんだから。そういうお金をどうしたのか。たとえば私が仲人した人の家では、男の子三人がみんな軍隊に行って戦死したんだけど、そういうところはどうやって生きてたんですかと。そうしたら、農村的な、共同体的なものを思い浮かべればいい、親族もいる、と。じゃあ東京で親族がない人だったらどうするんですかねと食い下がると、相手が怒り出すんだよ。じゃあどうやって生きてたんだよ、その人たちは。

司会　そういうものが書かれてないんですね。

秋山　それが日常の生活だよ。ある作家が「疎開児童が飢えた」と言うから、「嘘つけ」って言ったんだよ。「都会の児童も飢えるんだぜ」と。あれほど徹底した配給制ですから、飢えをしのぐために母親が行くところがどこかと言ったら、疎開児童のいるところですよ。銀座に畑はないからね。だから、「疎開児童が飢えたのは先生が横流ししたんだろう。地元のご機嫌とりたいために」って言ったら、みんな怒るんだよ。先生のことを悪く言いたくないもんだから。確かにそれは私の間違いだったかもしれません。先生はちゃんとしてたかもしれない。けれど先生の前に、受け入れ手のほうがやったんじゃないのかな。でもそんなのは簡単な話で、みんな知ってることじゃないか。あれだけの配給制だったことも、買い出しに行ったりすることも。私なんかが買い出しに行って、「お願いします、少国民が来ました」って言うんですよ。でも売ってくんないよ。ある意味じゃ立派ですよ、「お前たち都会の堕落した民には売ってやんない」って言うんだから。そうはっきり言うから、戦争ってこういうもんだなって思った。少年の俺はそのとき、頭の片隅で内戦賛成だよ。「それじゃあお互いに……」って。

司会　そういうことはあんまり出てこないですね。

西部　話が俗化して悪いけど、むかし哲学者の三木清が、自分は軍隊でフィリピンに行っても、絶対に現地の売春窟には足を踏み入れない、「そういう不潔なことをするくらいならマスターベーションをする」と言った。それを目の当たりに聞いた今日出海《こんひでみ》が、「なんという馬鹿野郎だ、戦争へ行ったんだから堂々とやってればいいんだ」と言った。僕はそれを聞いたときに妙な気分になったんですね。自分のなかに両方あると（笑）。

秋山　あるねえ。

西部　ねえ（笑）。もちろん三木清は戦争が終わる直前に獄中で亡くなりましたから、今東光《こんとうこう》の弟で文化庁長官になった今日出海は後追いで、いわば死者を鞭打つようにして言ったんですけど、僕には両方ある。売春窟に行きもするし、そこに平気で行く奴らを嫌いもする。

秋山　でもそういう話は場所によるよ。戦争をやってるときはあんまりそういう欲望って出てこなかったりするもんでしょう。楽なところだとそういうことにもなる（笑）。

西部　本当に最後はＴＰＯによりますね。

秋山　あんまり真剣に何かをやってるときには、女がいても同志だよな、「鉄砲撃ってくれ」と。そのなかでも、ある瞬間で言えば、同志同士もあると思うけど（笑）。

西部　まあ三木清はたぶん従軍記者だったでしょうからね。鉄砲を撃つほうじゃなかったから。

秋山　別の立場にいるからそう思うんで、必死のときにはそうはいかないよ。同志だからね、女性がいても。やっぱり戦争というのはなかなか凄いもので（笑）。

私小説の現在性

司会　秋山さんは直接の戦争論はお書きになってないけど、いろいろな場面で戦争とは何かを問い続けている。元々「〈私〉とは何か」というところから出てこられたけど、それが歴史とも関わってくるから『信長』(一九九六年)も書かれたわけだし。でも日本人は、いまの同志の感覚も含めた、戦争を語らなくなっちゃった。これは簡単に言っちゃえば戦後の平和主義ですけど、そういうなかで本当に「生の実感」が希薄になっちゃってる。これは単に情報化社会というだけじゃなくて、もっと前からそういう言葉が失われてきたという感じはするんですよね。

秋山　だから社会に流れる言論というのは、権力によってなされるのか、それとも自粛行動なのか、と私もよく思うんですよ。『信長』を書いてるときもそうで、戦争のいい記録が見当たらない。記録がないのは、権力の強制ではなく、自粛行動なんだろうと。自粛行動というのは悪い意味で言ってるんですよ。戦前は戦争のことしか語られなかった。平和を言うような人間はいないよ。だから、井伏鱒二の『黒い雨』(一九六五年)の冒頭のところ、「あんなの嘘だよ」って言って、三浦哲郎にちょっと怒られたけど、非戦論なんて冗談言うなって話だよ。そんな考えないからね。戦いってそういうもんだよ。それでいまは「平和」一辺倒。でも、いま平和がいいなんて、こんな楽な言い方ないよ。いま戦争したいって言ったら相当なことになるけど(笑)。だからきょろきょろ目線が変わるだけで、我々は自粛が好きなんだね。ちゃんと考えてないだろ。やっぱりあれですよ、私は犯罪論が好きなところがある。

司会　秋山さんの犯罪論は、〈私〉とは何かという難問から出発したラスコーリニコフ的な問いだと思うんですけど、いまや犯罪論も精神病理とか社会心理学の解釈のなかでぜんぶ解消しちゃってるんですね。

秋山　いまは戦争のことは何も語らない。戦争のことを思うだけで問題になるみたいな言い方になったら、そこにもう社会の政策が出てるんだよ。

司会　たとえば作家で評論家の正宗白鳥は戦後に小説も書いたし、敗戦直後に『自然主義盛衰史』（一九四八年）や『内村鑑三』（一九四九年）も戦後に書いている。ああいう文章を読むと、やっぱり言葉って大事だなと改めて思うんですね。小林秀雄の場合、もうちょっと洗練されてるところがあるから（笑）。

秋山　白鳥みたいな言い方でやってもらうといいよね。

司会　そのほうが本当の意味でものを語ってるという感じがする。小林秀雄が亡くなったとき、テレビで中村光夫と江藤淳が対談してたんですよ。テレビにしては珍しく文学史的な話の中で、江藤さんが、「小林秀雄さんの仕事の全体というのは、自然主義文学の流れを新しい形で継承しようとしたんじゃないでしょうか」と言ったんですよ。僕はそのとき意味がわからなかった。で、中村さんも「うーん、もうちょっと広いんじゃないかな」と。でも僕は秋山さんのこの本を読んで、むしろ江藤さんのほうかなと。

秋山　当たってるよ。

司会　中村光夫は私小説批判で出てきた人で、自然主義というと、西洋のものを日本的に平板化しちゃったというのが一貫した理論だから、小林さんはそのなかに入らないで、もうちょっと外側にいたんだっていう解釈をしたかったと思うんですけど、実は自然主義の流れって大事なものがあったというか。

秋山　自然という言葉の意味とか考え方だね。ほら、小林秀雄が、「ランボーには安心した、自然があるからだ」って言うときの自然と、自然主義と言うときの、科学と対にしたような自然とがあるからね。でも自然主義が流れてるよ。江藤淳は勘がよかったと思うね。

もう一つだけ田山花袋の『蒲団』について言っておきたいことがあって。私は自分だけで考えるんじゃなくて、自分のやったものはちょっと実験してみるの（笑）。それでカルチャースクールをやってるから、田山花袋の『蒲団』を読んでもらった。そうしたらけっこう、まあ俺が言うからだろうけど、みんな面白がったんだよ。ふつう嫌がられるでしょ、『蒲団』って。でも、こまごました細部まで読んだら、「なんか嫌だな」というところがなくて、「これっていまあってもいい小説じゃないか」とえらい親切な言い方をしてたんだよ。

いまあってもいいというのは、『蒲団』の主人公は三十六歳なんだよ。いま日本でいちばん問題になる年齢ってのは女三十六歳だろ。本当はそれが小説の中心になんなくちゃいけない。現在は、いかなるモデルもなく、新しく自分がどう生きたらいいか……なんて一人で悩んでなくちゃいけない。四十五歳くらいの女性だと、平凡な毎日の繰り返しに飽き飽きしているし、平凡なつまらぬ顔の夫に飽き飽きしている。で、何か新しい恋愛にあこがれる。つまり、女性が主人公の『蒲団』の世界を、みんな持ってるはずですよ。だからいまあってもいいと言ったら、五十歳代くらいの人が「そういやあそうだ」って納得してた。みんな不倫はしたいしさ、すっきりしたいよ（笑）。

司会　そういう言葉が小説で出てこなくて、社会的な言葉で解決しようということになってるけれど、いまの「再チャレンジ」にしても、雇用とか格差とか少子化の問題にしても、ぜんぶ何か違うような気がする。

西部　オルテガという哲学者が、「三十六歳が男の盛りだ」と言ったのを、僕はこう解釈したんですよ。男の肉体的能力は二十歳が絶頂でどんどん下がっていく。男の知的能力の総合的な意味でのクライマックスは五十くらい。二十と五十を足して二で割ると三十五、ということかなと。

で、僕は田山花袋の『蒲団』のことはとうの昔に読んだっきりでほとんど忘れてるんですけど、先ほど先生がおっしゃった生活、自然主義の持ってる平凡の非凡ということを考えたときに、三十五は確かに浮気もしたいだろうとかいろんなことがあるけど、同時に平凡に戻らざるをえない分岐点でもある。確か『蒲団』でも自分の家庭へ戻る。平凡へ戻らざるをえないという感覚ですね。僕は小林秀雄さんもよく知らないんだけど、少々読んだ限りで言うと、アルチュール・ランボー的なイマジネーションと主観とが爆発するのも、三十五くらいまでに済ませておけ、三十五がクライマックスかもしれないけれど、それが言ってみれば曲がり角だ、という感覚があったんでしょうか。

秋山　やっぱりあったんだろうね。そういう曲がり角を三十五くらいに一般化するのは万人の問題だね。これから先どうするか本当に悩む場所だよ。新しい場所に行くか戻るかだな。で、新しい場所へ行こうとしたんだね。でも、本当は俺ね、疑ってんだよ、田山花袋の書いたものを。つまり小説が先にあって、女性とか何とかは後からの押っつけだよ。「平凡な毎日がある。どこか新しいものがないか」というのが原点だからね。ただいまは年齢がもうちょっと後だな、三十五じゃ男もまだ生き生きしてるかもしれないから。

司会　十歳くらいずれてますよね。

秋山　もう一花あると思うわな。

司会　小林さんの場合も成熟願望みたいなのがあって、そういうところで書く対象を選んできたところがある。小林秀雄もいいですけど、僕は白鳥的な、それこそ日露戦争から大東亜戦争までをああいう形で貫いてきた文士の言葉が面白い。小林秀雄も白鳥のことは完全に尊敬してたわけですが、そういうものがなくなってきたんだなと。

西部　六十二年間も戦争がないとなればね（笑）。

秋山　まあ白鳥も、晩年は「本当は違うんだけど、もうどうでもいいや」という寂しい感じになるけどね。もう少し岩野泡鳴のほうに関係してもらって、当てにもならない工場を作りに行くとか

（笑）。

司会　このなかで樋口一葉に触れられてるのがちょっと意外でした。一葉って十何歳で天才と呼ばれて、みんな天才と言ってるけどほとんど読まれてないというのが現状で、僕も二年くらい前に一葉について書いてくださいって言われて慌てて読んだ（笑）。で、ああ一葉ってこういう文章を書いてたのかっていう驚きはあったんですね。秋山さんは入院されてるときに『たけくらべ』（一八九六年）をベッドの上でほんの少しずつお読みになって、言葉のピュアな力をお感じになられたと。

秋山　いや、かわいい小説だよ。そういうよさはあるけど、あんまり天才と言われるとどうかね。大岡昇平まで言ってるもんだからついやる気になったけど、いやあ、ほぼつまんないぞ（笑）。

司会　文才はあったけども、花袋、泡鳴、四迷、白鳥とはぜんぜん違いますよね。

秋山　ただ、ところどころに読ませるところはある。『蒲団』の主人公が、煩悶に追われて、「酔っ払いめ！」と通行人に罵られながら、うろついてるところがそっくりだから、「ラスコーリニコフ的歩行だな」と言った。一葉の『にごりえ』（一八九五年）にもそれがある。みんなやっぱりそういうのを書きたかったんだよ。でも一葉なんてところどころ意味不明でさ、たとえば「廻れば大門《おおもん》の見返り柳いと長けれど」のように、何が廻ればなのか、何がいと長いのか、意味不明のことが多い。江戸時代の話芸もそうなんだな。前に何かあるからやるんで、だれかがこれを言ってるという了解がないと、どこから取ってきたかわからないんだよ。だれに聞いたらいいんだろうね（笑）。

司会　一葉は江戸時代の言葉、さっきの慣習的なシステムの言葉でつながってますよね。

秋山　結局、吉原の女がひどい状態にいるということだけで騒がれてて、みんな直接には文章のどこがいいなんて書いてないよ。俺も読んでみて驚いたよ。なるほどなってなもんで、日本はみんなそうなるのね。田山花袋のことも、去った女の蒲団の匂いを嗅ぐことまでさらけだしたとか、醜聞で騒いでるだけで事実は知らない。好きだねえ、我々は。作品についての本当のことはちゃんと言ってないで、そういうほうばっかり。

司会　秋山さんの年齢になられてから、作品そのものをじっくり読むというのが非常に新鮮だったというのがありますね。ふつう読み返さないじゃないですか。あるいは読んでもなくて、そのまま過ぎていっちゃう。

関係の不可能性

西部　小林秀雄さんの『本居宣長』に、陽明学の始祖とも言うべき中江藤樹が「学問とは母親の面倒をみることだ」と言ったことに感激している箇所がある。母親の面倒をみるってことはある意味では生活の自然主義ですよね。陽明学は知行合一ですから、学問も生活の実践に役に立たなければいけないということでつながっている。ただ司馬遼太郎なんかが陽明学を毛嫌いするところがあるでしょう、エキセントリックだとか言って。確かに大塩平八郎とか吉田松陰エトセトラとなるとエキセントリシティがあった。でももとを質せば陽明学という異様な情熱の高まりは、実は裏側でしっかりと生活の自然主義と結びついてるところがあるんですね。そのことを多くの人はわかってない感じがありますよね。

秋山　吉田松陰だって大塩平八郎だって、エキセントリックというか、生活の問題があるから、ああいうときに激発するものがある。よくやったと思うな。

司会　非常に具体的な生活の問題から出てきてるわけですよね、米の問題、下級武士の勲功の問題とか。

秋山　だからそこも急所でね。つまり田山花袋も、実行か芸術かって悩んでたりする。本当に考えてるなら行動しなきゃならないのでは、と。そりゃ悩んだらしいよ。

司会　秋山さんは本の中で、カルチャースクールで〈私〉を書くなんてことが流行る国はほかにないんじゃないかという文脈で、こう書かれている。「日本語という言語の、生活への熟した浸透において、あるいは、日常的な生の断片を語るとき文学的に熟成された言葉を使えるのは、ほとんどすべて、私小説のおかげである。文部省がいくら逆立ちしたって、そんなことは出来なかろう」と。だから、私小説を読め、教室でその日本語を味わってみろと。そここそが日本の文化の根っこがはっきり出るところだと。

秋山　もう一つはそこの脇を流れたもので、何でもないものを書くっていうものとね。それが随筆に流れていくわけだけど、いまそれが消えつつある。詩人の文章によくあるような、たとえば木の枝と葉っぱと日だまりとか、何でもないものを眺めながら書くということは、眺めてるものとの交流があるわけだね。それをちゃんと短く書いたものがなくなって、みんな新聞記事の言葉で書いてるね。新聞記事には何でもないことが出てこないじゃないか。みんな意味あることばっかりで。この人がこう思ってるからこういうことがあったんだろう、と社会の中の出来事は書いてるけど、そのときの書き方だって知識人用語ばっかりで、変な意味を与え過ぎちゃう。

司会　いまのいじめの問題なんかも、社会用語や心理学用語を使ったり、脳学者が来て議論したりすればするほど実態を離れる。いじめなんて水たまりのようにいつでもそこらへんにあった。それがふくれあがっちゃってるんじゃないか。

秋山　そういうことをすっきり言うものがないんだね。でも本当はそれを言うのが文学なんだよね。他方に未成年の理由なき反抗みたいに、どうしようもなく切羽詰まって自分を壊すようにしてやる殺人もあるから、そういうようないじめもあるのかもしれない。母親の子どもへの虐待もそうだな。屈折してるところがある。それからもう一つは、みんな面白いからやるんでね。つまらないことはやんないですよ。いじめるってのは面白いっていえば面白いもんな、はっきり言って。「ざまあみろ」とか「踏んづけてやるぞ、俺は」とか、面白さが原動力だよね。そういうのとどこかで素直につながったりしてる。そういうのが文学なんだね。

西部　僕は四歳のとき、隣のお寺でぴかぴか光ってたビー玉を一つ盗んでうちへ持ち帰った。そのときに異様な怯えと異様な興奮があったんです。いまにして思うんですけど、もちろん人間の本性として、盗むのも騙すのも殺すのも面白いというところはある。でも同時に、それを罪と感じる力も人間性の根源にあるのではないかと。

秋山　だから面白いんだな。そのビー玉を盗ってきた話には人間の全部のことが入ってるな。そういうのをちゃんと文学の言葉で、小説の言葉で書くものってあんまりないんだね。それなんだよ。だって面白いと思いますね。戦慄するし、恐怖もあるし、不安もあるし、悪いことしちゃったというのと。

司会　それがまさに裸にするってことですね（笑）。本当は文学に面白い題材があるはずなんだけれども。

秋山　もう一つ付け加えておかなくちゃいけないのは、彼らは私小説というものを書きながら、つまり日常のことをあんなにこまごまと具体的に書きながら、どこかでやっぱり考えてるんだよ。現実的な人生を書くというのもあるけど、やっぱり運命みたいなものを考えてる。運命というとやっぱり永遠とか、そういう問題が出てくる。だからどこかで背中合わせに触れ合ってるんだね。そういうものを書きたいって何なのか。彼らはそう思うくらい必死で、真面目にやってたんだよね。

いま、そこのところが必死じゃないわな。少し乏しい。

司会の富岡さんの言った描写の問題が大きくて、私は描写は消えていくんだと思う。そしてギリシャ悲劇みたいなものが登場するようになるんだろうと思うよ。いま文学の景気は悪いんだろうけど、景気がいいものも世間にごく普通にあるわけですよ。たとえばみんなよく音楽を聞いているでしょう。あのなかから一、二行の肉声が響いてるんですよ。そういう言葉を拾って心の中に持ってるんだよ。小説を読んでる若い人でも、そういう一、二行を見つけては喜んでるよ。その言葉は、描写のところじゃないんだ。人の生き死ににかかわってるような、あるいは運命みたいなものを感じさせるような何か。あれを欲してるんだよ。いまそれが歌のほうにある。

司会　詩人の言葉ですよね。いま詩がないから。

秋山　難しい話ばっかりでさ。

西部　正岡子規が写生と言ったときには、最低限で言えば、漱石はわかってくれるだろうという納得というか信頼があった。自分が死活の勢いで写生したときに、たぶんだれかがわかってくれるだろうという安心感がかなりあった。いまはその範囲が狭まったのか、それとも写生が薄まったぶんだけ広がったのか、いったいだれがわかってくれるんだろうかっていう不安がありますよね。人間関係がずたずたにされちゃったから描写もずたずたにされるという。

秋山　十何年か前、文章を書く教室でそういう問題を出したんですよ。書いた文章に天使なんか出てくるから、「あなたの思ってる天使を黒板に描いてみろ」と。言葉で「天使」とだけ書いたって駄目だよ、あなたの書いた天使はどんな恰好してるの、どのくらいの羽がくっついてるのかと。それから、「このコップを写生してごらん」と言ったの。言葉で書いて持ってこいと。でもできないんだよ。写生というのは本当に考えたら難しいですよ。

西部　いまや描写が出てくる根源としての人間関係は、ぎりぎり夫婦に追い込まれてる。しかもその夫婦関係すら崩れ始めてる現象が多いから、もう人類はアカンかなあと思いますけど（笑）。

司会　現代のギリシャ悲劇みたいな言葉ってのはどこから出てくるんですか。

秋山　原点とか原型に帰らないと。基本になってるのはあそこらへんの言葉だよ。日本にもあるけどさ。

司会　秋山さんの『私小説という人生』にも、白鳥が読んでいたということでダンテの『神曲』（二三〇七〜二一年）が出てきますよね。『神曲』でもギリシャ悲劇でもいいんですけど、そういうところということですか。秋山さんはずっと『プルターク英雄伝』（二世紀）を読んでらして、そういうもののなかからの言葉が響くという。そういう意味のクラシックに帰るということですね。

西部　でも同時に、小説に近づけて言えば、小説作家たちはそのクラシックスが自分の身の回りにあると感じてるんですよね。

秋山　さっきから戦争の話が出てくるけど、私がああいうものを考えるときの原点は『プルターク英雄伝』ですよ。それから日本の戦国時代。小国はどうしたとか、あそこに全部ある。そうはうまくいかないという教訓が日本にもいっぱいあるのに、どうしてそうなるんだろうと思ってね。変なふうに言い直してるだけじゃないか、小泉とか。

司会　米百俵とかね（笑）。

男女の違いを見つめる

秋山　それから、我々の頭のなかに流れてきた言葉でおかしいのは、女は愚かだということ。ルイス・フロイスの『日欧文化比較』（一五八五年）なんて読むと、あのときの日本の女の生き生きしてること！　少し考え違いしてることもあるんじゃないかと思うこともあるけど、自分の本国ポルトガルと比べて日本の女の元気のよさをちゃんと書いてある。男は女と戦いをやったら無理だよ。勝てないもん（笑）。

西部　僕と女房が結婚したときにお互いにびっくりしたのは、僕のお袋も女房のお袋も、ほぼ大正元（一九一二）年生まれなんですけれど、「日本の男たちはたった一回戦争に負けたくらいで腰を抜かして情けない」と。三十代前半の女たちが日本の男たちの腰抜けぶりを密かに嘆いていたという（笑）。

秋山　敗戦すぐに元気だったのも女性のほう。本当に男はだらしない。腰砕けで。

司会　坂口安吾が『堕落論』（一九四六年）で、空襲で男がシュンとなってるときに若い女の子がキャキャキャキャと笑ってる、そのときに人間って生きるんだと感じたと。

西部　ただ僕は最近ね、女の凄さもわかりながら、若干女を怨むところもある。確かに生活も大事ですよ、でも……。

秋山　いや、違う。男は子どもが死んでも自分は逃げる。女は子どもの代わりに自分が死ぬ。あれは男にない力だな。人間の強さの原点だと思う。亭主は守らないかもしれないけど（笑）。俺はあなたと逆のところがあって、我々の当時はよく、男社会の秩序を乱すのはすべて女だ、子どもが可愛いばっかりで、あれが女の愚かさだと。でも俺は女は認めるようになってるの。ああ、ああいうふうに生きるんだと。それでいいのかもしれないからね、男のほうが駄目で。

西部　でも、絡むわけじゃないんですが（笑）、表舞台と裏舞台がありますでしょう。表舞台は嘘でもいいから男が「死んでみせよう！」というふうにして、女はひしとばかりに裏舞台で「死ぬわけにはいきません」と。そうはいきませんかね（笑）。

秋山　だからね、カルチャースクールで説明してますよ。男は権力を持って女を踏みつけてないといけない。ちゃんと社会の機構を作って威張らないと、男なんて女に適わないよ。男一人ってのは駄目。男は生活上、弱いんだ。

司会　三島由紀夫の『憂国』（一九六一年）って、若い夫婦の旦那のほうが自決して、そのあと奥さんも首を突いて死ぬ。三島はあれを絶対に対する殉死、つまり一つのイデーとして書いてるんだけど、そんなことはあり得ないと三島自身が言ってるんですよ。まず女を刺してから自分が死なないと、男は不安でしょうがないんだ、女は男が先に死んだらのうのうと再婚して九十まで生きるよ、それが女ってもんだと（笑）。

秋山　ただもう一つの真実がある。女は自分からじゃなくて、夫に誘われて死ぬ。男はそれはできない。やっぱりその凄さってあるぜ。誘われて死んでくってのは。

西部　おっしゃる通り（笑）。

秋山　だって俺はずいぶん考えたんですよ、六十くらいから（笑）。やっと、ああ凄いなと思って。昔の偉い人のを読んでも、この女のことについては間違ってるんじゃないかと思うようになったね。

司会　秋山さんはある時期まで、〈私〉ということを機軸にしていて、あまり家庭とかは書かなかったですよね。砂粒のように生きているという考え方で。

西部　うちのかみさんが癌になって手術して、このまえ退院後に久しぶりに買い物に行ったんですよ。その帰り道に富士見通りというのがあって、たまたま風で雲が吹き払われていたんで富士山がすっきり見えた。そうしたら、うちのかみさんは、あまりに富士山がきれいなので、ほとんど涙ぐんだらしいんです。僕ははっきり告白する。田舎者のせいか芸がないせいか教養がないせいか、自然というものを見て涙ぐむような感激って、小学校を出てから五十五年間くらい経験がないんです。文学者のお二人にはそういう感受性はあるもんですか（笑）。その話を毒蝮三太夫という落語芸人にしたら、彼もお腹を悪くして、ひょっとしたら死ぬかなと思ったときに、ぐうぜん富士山を見たんですって。それがあまりに美しくて、自分は生き永らえることができるかなと思った、ってパッと言うんですよね。だから男でも幸いにも局所的な教養しかない人たちは、そういう感受性を持ち続けられるのかもしれない。

秋山　でもそれはいい話だな。いろんなことを思わせるな。

司会　秋山さんは壁の前にずっと座って、壁の染みをずっと見ていたという経験がおありですが（笑）。

秋山　人が生きるとか、死ぬとか、それと自然とか……。その話には感じるものがあるな。

司会　人間の真実を摘出し真相を見るというのが自然主義文学だと最後にお書きになっていましたが、いかに生きるべきだとか、生きるとは何かとか、そういう問いが真実なんだということで、そこへ向かって彼らはいろいろやっていたわけですよね。

西部　本当は知識人が勇を鼓して、芸を凝らして語れば、わかる潜在力は人類全般にあるんでしょうね。でも語る人が圧倒的に少なくなっちゃった。

秋山　いまの西部さんの奥さんの話、なにか深いものがあるな。俺、そういう話好きでねえ。自然そのものより、人生としての自然というかね。悪口言ってるけど、西行の短歌なんぞもそういうものがあるんだな。

（二〇〇七年一月四日）

二　戦争という廃墟

加賀乙彦×秋山 駿×西部 邁

司会：富岡幸一郎

「偉大なる破壊」の中の人間

司会　戦後六十六年目ということで、八月になると戦争についてのいろいろな記憶や話題が出てきます。戦争体験の世代もだいぶ少なくなっていますが、半世紀を過ぎても、あの戦争について、日本人はまだ充分に歴史的な把握ができていないように思います。ただ今年は三月十一日に大震災があった。この大震災によって東北が大変な被害を受けて、合わせて福島の原発の問題もまだ続いている。そういう意味でも戦後六十六年間で最も大きな国難として、いま、我々の前にあるわけです。今日は加賀乙彦さんと秋山駿さん、文学者のお二人と西部邁さんに、「戦災」と「震災」というテーマで話をして頂きたいと思っております。
加賀さんは昭和四（一九二九）年のお生まれで、昭和十八年に十四歳で名古屋の陸軍幼年学校に入られています。十六歳で敗戦、幼年学校から復員をされる。その後、精神科医として学ばれ、またフランスに留学され、『フランドルの冬』（一九六七年）で小説家としてデビューし、以来、次々に長編小説を中心にお書きになっています。戦争のことは『帰らざる夏』（一九七三年）という作品でお書きになっていますし、昭和六十一年から『岐路』、『小暗い森』、『炎都』という三部作で戦争中のこともお書きになっています。終戦の前、八月の初めに幼年学校から一度、東京に戻られている。

加賀　「どうせお前たちは死ぬんだから、父母に会ってこい」ということだったんです。

司会　それで新宿に着いて、焼け野原になっている、まさに瓦礫と廃墟を眼前にして、非常に驚いたと。秋山駿さんは昭和五年のお生まれですので、加賀さんとはほぼ同世代です。

秋山　この一年の差は大きいよ。

加賀　そんなことないよ（笑）。

司会　ちょうど今回、秋山さんが文芸誌の『群像』に連載していた『「生」の日ばかり』（二〇〇一年）という本が刊行されまして、この「日ばかり」という言葉は「日時計」という意味で、「生の日ばっかり」という意味ではないんですね（笑）。まさに自分の生の器を傾けて、一滴一滴、そこに滴がたまるように、生きていることを確かめる日時計というエッセイを、まだ続いているわけですが、いままでの分を単行本として上梓されました。このエッセイ集は、現在進行形の言葉と、学生時代からの古いノートの言葉を用いながら書かれているわけですが、ノートの原点は戦争と敗戦時に少年であった体験が大きい。もちろん教養的にはポール・ヴァレリーのようなノートの思索がありますが、原体験としては敗戦のときに少年であったという、そこからノートの出発、言葉の原点がある。その意味でも、「戦災」、「廃墟」はお二人にとって非常に大きな言葉の出発点であったと思います。

西部　僕は加賀先生よりもちょうど十歳下で、昭和十四（一九三九）年生まれなんです。早生まれですから、敗戦の年の小学校一年で、いわゆる国民尋常小学校に敗戦までの四カ月くらいいました。ただ札幌近郊ですから、空襲その他のリアルな戦争体験はない。でもグラマンが二回か三回、低空飛行できて、家の近所に日本軍の飛行機の一台もない格納庫と僅《わず》かな弾薬を残した弾薬庫があって、それを米軍が空襲しにきた。けれども、それらの軍事施設が野幌《のっぽろ》原生林にうまくカモフラージュされていて、爆撃はなかったけれども情報は向こうにあるらしくて、何回かやってきたことがありました。それからB－29も二回か三回きましたかね。うちの親父は怠け者で、戦争が終わる間際に近所から促されて庭の隅っこに防空壕を掘って、たちどころに防空壕は水浸しになって、親父が職場の農協団体から配給もしくは横領の物資みたいに貰ってきた石鹸が水にプカリプカリと浮いている、というのが小学校一年のときの妙な敗戦記憶です。
最初にお二人に聞いてみたいことは、坂口安吾の『堕落論』（一九四六年）のことです。うろ覚えですけれども、安吾さんは、自分はこの「偉大なる破壊」を単純素朴に楽しんでいた。自分以上に楽しんで、欣喜雀躍《きんきじゃくやく》として楽しんでいたのが十四、五歳の少女――ちょうど加賀先生の敗戦時の年齢ですね（笑）――東京の少女たちが傷付いた者たちを助けるのに、水だ食料だ、それを運ぶために、何か充実しきった表情であった、ということの描写から始まるんです。僕は破壊を見ていないんですけれども、「偉大な破壊」というものに遭遇してみたかったなあ、という思いがあります。現場におられた方にとっては不埒《ふらち》な発言だと思うかもしれませんが。

秋山　そんなことないよ。

西部　ただ、安吾さんの理屈はこういうものでした。自分はひたすら「偉大な破壊」を楽しんでいたのは、いかにも単純すぎた。自分はそこで生き延びて、まださらに生きなければいけない。あそこで死ねればともかく、生き延びてしまったら、生きると同時にある種の堕落を引き受けざるをえない。生き延びてしまうということは堕落を引き受けることだ。いっそのこと堕落の底まで沈んだうえで、天皇であれなんであれ、何か「絶対」と言われているものを、自分の生の堕落の果てを通じて、再び自分で把握しなければ立ち上がれないんじゃないか、というのが『堕落論』だと思ったんです。なかなか正しい意見だな、と昔に思ったことがありました。

秋山　なるほどね。十四、五歳の人間というのは、東京大空襲やなんかでも潑剌《はつらつ》としていて、元気で見ていたよ。私の家は燃えなかったけれども、近所の友だちの家は燃えるとか、下町のほうとは違うけれど、そういう光景はあっても、快活なものですよ。それは吉村昭も『月夜の記憶』（一九九〇年）で書いていた。あの人は私よりも二歳上で、自分の家が燃えたりするんだけれども、やっぱり潑剌と見ているよ。私だって次はうちの番かなと思うけれども、けっこう十四、五歳というのは単純に潑剌としているから。一つだけはっきりしているのは、戦争は勝たないといけないと思っているからね。

西部　もう一つ思い出したのが、山田風太郎さんが『戦中派不戦日記』（一九四五年）の中で書いていて、あれも東京大空襲のときだと思いますが、山田さんは体が弱くて、新宿あたりの医学校に通っていて、それで空襲に遭って、頑張って水を運んだりしながら、ともかく一人殺されたら二人殺さねばならぬ、二人殺されたら三人殺さねばならぬ、と。

秋山　はっはっは（笑）。なるほどな。

西部　僕が言いたいのは、別に復讐の感情を持ち上げているのではなくて、「偉大な破壊」の中で、人間にとっての非常に単純だけれども根強い感情、この場合はたまたま復讐ですが、たとえば先ほどの少女で言えば、焼けただれて「水、水」と言っている人には、是が非でも水を運ばなければいけないとか、そういう人間に非常に単純な感情とか行動というものが「偉大なる破壊」の中で出てきている。それもある意味では素晴らしいことだなと思います。

秋山　それはそうだな。でもここらへんは加賀さんだとずいぶん違うだろ。戦力だったんだから。

戦争の実体を知ることが文学

加賀　僕は小学校に入ってから、中学、それから幼年学校というところで物凄く軍国主義的な教育を受けましたから、この戦争で自分は死ぬということと、この戦争は勝つと思っていました。戦争の正義というのは、あの頃はアメリカがフィリピンを、フランスがインドネシア――フランス製のインド、仏印と言っていましたね、それから英国はインドを取っているし、オランダはインドネシアを取っているし、こういうけしからん連中と戦うのは「正義」だと僕は思ったんです。だけどそれは子どもですから、日本軍がどんな乱交をしているか、あるいはどんなに国の人々を苦しめたかとか、そういう裏の面は全然教えてくれないからわからない。そうすると、いい面ばかりですね。つまり大本営発表のたびに、日本は負けてきたんだけれども、しかし実際に放送されるのは日本が大勝利であるということばかりです。一九四五年三月十日の大空襲の翌日だって、「下町方面にB－29が一五〇機きたが、被害は僅少である」という放送だった。

秋山　そうか。そうだったのかな。

加賀　でも十万人死んでいるわけでしょう。そういうのを国民としては全然知らない。僕は新聞だけは非常に熱心に読んでいたんですよ。それは幼年学校でも推薦していたわけです。新聞をよく読めば戦争のことがよくわかる。新聞と言っても裏表の一枚ですね。それを読み終わるのに三十分もあれば充分なわけです。だから非常によく読んでいたんですが、その報道がほとんど嘘だった。それを戦後知ってびっくりしました。一九四五年の暮れから夕方の一番のゴールデンアワーに、ラジオでアメリカの作った〝真相はこうだ〟という番組を毎日、毎日やっていたじゃない。

秋山　あったな。

加賀　どんなに日本軍がひどいことをやって、アメリカはどんなに紳士的な平和な国であったか、それを日本が乱そうとしたからあの戦争が起きたんだ、ということですね。大人は嘘ばっかり言っていたんだなと。それでそういうことには関心がなくなったんですが、家のまわりを見ると全部が焼け野原で、我が家は残ったんです。新宿で三百戸だけ残ったなかに入った。あとは全部焼けてしまった。だから僕の家から半蔵門が見えるんです。なんにもない。二階から見ると、あれが皇居かと。皇居も何もなかったですけれども、石垣だけは見える。そういう戦争体験の中から、実際の戦争はどうであったか、ということが僕の関心になって、戦争についての本をいっぱい読みました。

インパール作戦やガダルカナルの敗戦から何から、海軍も陸軍も最初のうちは勝っていたんですけれども、少なくともマニラを取り、香港を取った時点では日本が大勝利で、毎晩のように花電車が出る。花電車というのはいろんな花や人形を飾り付けて、五台くらいでずっと都内を回るんです。

そのまわりに提灯を持った小学生が「万歳、万歳！」と言って、要するに華やかで、日本が勝って明るい希望があって、ミッドウェーで負けたなんていうことは大本営は全然言わないですからね。中国の戦線が膠着してどうにもならなくなってきたということも日本人は知らない。満州を守った関東軍はずっと全軍を南方へ回して、満州は軍隊がほとんどなきに等しい状態になったのに、それも知らない。そして新型爆弾、原子爆弾が落ち、突如、日本が負けた。原子爆弾が落ちた八月の六日にソ連軍が国境を越えてダーッと入ってくる。あれは初めからトルーマンとスターリンがポツダムで決めていたんです。

トルーマンの回想録を読むと、あのポツダムの会議をやっている最中に、アメリカから機密の電話報告があった。「原子爆弾ができてネバダの爆発実験は大成功だった」と。チャーチルはもちろん知っているわけです。イギリスとアメリカが協力して作ったわけですから。チャーチルとトルーマンとが、ソ連のスターリンに言ったものかと相談した。それは言ったほうがいいということで、「いま、我々は原子爆弾という世界最強の爆弾に成功した」と言ったら、スターリンはにこりともせず、「早く日本に落とせ」と言った。トルーマンは原子爆弾を日本に落とすことについてはなんの罪悪感もなく、自分がそれを作った大統領になったことを誇りに思っていた。落とした翌日のトルーマンの演説というのは、いかにアメリカとイギリスの科学は進んでいるか。これはナチも通り越して日本も通り越して世界一だ。だから我々は勝ったんだ、という話でしたね。トルーマンは原子爆弾を落とされた広島、長崎の人たちがどんな状態で殺されたかなんていうことにはまったく関心がなかった。ただ「科学の勝利」と言っているだけです。そのことも戦後に知って、僕は八月になると一番思い出すのはトルーマンの回想記です。

そのことをドゴールに教えなかったんです。それをのちのちまでドゴールは書いていますね。ドゴールの回想録を読むと、トルーマンというのは嘘つきだと。なんでも俺に教えてくれるし、一緒に戦ってやろうと思っていたけれども、なんにも言わないで勝手に原子爆弾を使った。だから我々も大急ぎで原子爆弾を作った。結局、そういうような嘘の報道に惑わされていた自分がいかに哀れであったかというのを戦後に気が付いて、真相はどんなものであったかを知りたかった。

極東軍事裁判でもずいぶん嘘が入っていますから調べまして、本当の戦争はこうだったんだな、というところから物を書き始めた。だから「戦争」と「文学」というものは、僕にとっては同じようなもので、戦争の実体を知ることがすなわち文学だったという時期があります。それは十六、七歳から二十歳くらいまでかな。医学生になってしまってからは、忙しくて趣味的な歴史探訪なんていうことはできなくなりましたね。

坂口安吾のことよりも、「破壊が非常に痛快だ」というのは、わからないでもない。新宿の大通り、中村屋があって紀伊國屋があって、あれは全部焼けますでしょう。そこへ僕は復員してきましたから、新宿はなんと小さい町かと。すっと目の前に伊勢丹があるんです。伊勢丹からずっと入って、市内のほうへ坂道を行くと、焼け残った我が家が見える。あとはなんにもない。徹底的な破壊をやられたな、という気持ちはありました。ただ、あんなにやられると、いまさら怒ってもしょうがないとなるんですね（笑）。

秋山　新宿が燃えたのは四月か五月だな。

加賀　四月の十日だね。

秋山　新宿の親類が家に来たぞ。近所の人を二人連れてきたからね。

加賀　焼けちゃったんでしょ。

秋山　目を真っ赤にしてきたよ。

西部　僕は昭和三十三年に東京に来たときに、まだ伊勢丹の隣あたりは空地だったんです。

加賀　そうですよ。

西部　ちょうど三月の土埃が舞っていて、なんとなく西部の町にきたような感じでした。あれは焼け跡なんですね。

加賀　そうですね。

秋山　やっぱり加賀さんは戦争をよく調べたな。

加賀　調べた。

秋山　俺はそういうことは一切やらなかった。

加賀　そうだろうね（笑）。

秋山　自分が生きるのが先で、知ったこっちゃなかったからさ（笑）。

戦争の嘘と誇り高き物語

西部　僕が中学の二年だから、一九五一年くらいになりますかね。『硫黄島の砂』（アラン・ドワン監督、一九四九年）という映画があって、たぶんいまから思うに文部省とＧＨＱと日教組との三者の連係プレーでやっていた。その頃、僕は札幌ですが、要するに映画鑑賞会があって、これは僕だけではなくて、僕のかみさんはほかの中学なんだけれども、かみさんも見させられたと言うから、全中学生が見た映画だと思います。あれはセミドキュメンタリーで、そのときにアメリカによって日本兵は焼かれたり、南洋方面の、暑いからたちどころに頭蓋骨が剝き出しになったようなやつをずっと実写で映して、それですり鉢山に星条旗が立って、暗闇の映画館ですけれども全校生が拍手をするんです。それはあとで聞きましたら、通路に日教組の先生が立っていて、星条旗が立ったときに先生が拍手をするものですから、それで愚かしい中学生がそれにつられて拍手をしたということだったらしい。僕はなんという映画館の風景だろうと思った。

秋山　驚いたよ。

西部　うちのかみさんは僕よりかは少し意識が乏しくて、よくわからないまま少々拍手をしたんですって。そうしたら、翌日、戦争世代の学校の先生が声涙倶《とも》に下るという調子で、あの映画フィルムに拍手をするということがどれほど卑しいことかということを言って、彼女は中学校二年生で、自分はうかつにも拍手してしまったものだから、恥ずかしくて赤面してしまった記憶がずっと残っているんです。

秋山　面白い話を聞いたな。

西部　これは後知恵もありますので、現場のリアルタイムでそう思っていたかどうかはっきりしないんですけれども、まとめて言うと、六歳、七歳で思ったことは、昨日まで戦争をしていたはずなのに、なんで日本の大人はアメリカになびくのか。「なびく」という感じがすぐわかるんです。それは人によって嫌々なびいている人とか、喜んでなびいている人とかいろいろな大人がいましたが、全般的になびいていて、なんだか変な雰囲気だな、というのが僕の幼少年期なんです。そこから自分の人生が始まってしまった。

秋山　なるほどね。それは大きな意味でもあったじゃないの。「過ちは繰返しませぬから」――なんなんだ、あれは。

西部　そうですね。つい十年くらい前、硫黄島に遺族団に紛れて行ったことがあるんです。その前にペリリュー島に行きました。一万二千名が中川大佐の下に玉砕したところです。そこにはアメリカ海軍提督のニミッツが書いた日本軍への顕彰碑がありまして、あとで知ったんだけれども、実はあれは紀元前にペルシャとスパルタの戦いのときに、スパルタ兵が数百名でペルシャ兵が数万名で、スパルタが玉砕したことにペルシャの大将が感激して、その碑のことを、おそらくアメリカの士官学校で教えているんじゃないかな。だから別にニミッツ提督に教養があるということではないんですが、それを捩《もじ》った碑があったんです。「この島を訪れた旅人たちよ、この島で日本の若き愛国的兵士たちが英雄的に戦い抜き、そしてすべて死んでいったということを記憶に留め、故郷に帰って人々に知らせよ」というものです。僕はそのとき、もう歳だったんだけれど、思わず涙が出そうになった（笑）。

加賀先生がおっしゃったように、報道その他は嘘だらけだったんでしょうけれども、そのことを全部わかったうえで言いますが、あのとき、日本がやむをえざる一〇〇%に近い歴史の必然、宿命の成り行きのなかで、西洋に、あたかも強いライオンに襲いかかる豹のごとく挑んで、そして脆くも粉砕された。しかし、十年下の僕で言うと、どこか感動多く能わざる、という気持ちも少々残ってしまうんです。やっぱり現場で思春期、青年期を過ごすと、そうはいかないものなんですかね。日本軍は嘘だらけで間違いだらけだったけれども、何はともあれよく戦ったということにしておこう、という物語は無理ですか。

加賀　それはアメリカのほうにもあるのでね。自動車を作っているデイトンという町があります。そこにエアフォース・ミュージアムという空軍博物館があるんです。ライト兄弟が初めての飛行機を飛ばした丘の上にある。そこには世界中の軍用機が集めてあって、日本のものも全部あります。その中に長崎に原爆を落としたB－29が飾ってある。それに乗れるんです。その側に、二五セントだったか、とにかくコインを入れると小さな映画が始まって、どんなにこれを作るのに苦心したか、それがどんなふうに爆発して、そして広島と長崎をやっつけたか、ということを説明する。そのB－29の横には「ブラボー長崎」と書いてある。そういうものなのかと思っていたら小学生の一団がきて、原子爆弾の実物大の模型を見ながら、いかにアメリカが優れた国であるか、ということを先生が一所懸命説明している。そしてまたコインを入れてB－29の映画が始まった。いろんな説明があって、ついに原子爆弾が爆発して広島でキノコ雲が上がったら、拍手が起きたんです。その次に長崎の映像が流れて、また拍手です。先生まで夢中になって拍手している。ああ、こういう残虐な国と戦ったんだ、という思いをしましたね。

そして売店に行ったら模型の飛行機をいっぱい売っているんです。日本は疾風《はやて》という、その頃、世界一スピードのある陸軍の飛行機ですが、その模型があって、僕はB－29と疾風と二つ買ってきて、家に帰ってひと月くらいかかって組み立てました。その模型飛行機の中に原子爆弾を入れる場所があるんです。そこに「長崎」、「広島」と書いて、毎日入れ替えたりしていました。しかしね、あの原子爆弾は日本人にとっては非人道的な行為としか見えませんが、アメリカ人のほうから言うと、あれによって十万人のアメリカ兵が助かった。日本は降伏したじゃないかと。あれだけのものを作るのに二百人からのアメリカ、イギリスの科学者たちが協力して、延々と働いてついに作り上げた。偉大なるアメリカよ、偉大なるイギリスよ、という気持ちがある。

僕は『錨のない船』（一九八二年）で日米交渉のことを書きましたけれども、要するにルーズヴェルトのほうから言うと、アメリカは不況で困っている。何か儲かるような出来事がほしかった。つまり戦争ですね。そのために日本をイライラさせるようなことを一年間やったわけです。石油は駄目、鉄は駄目、日本は干上がってしまう。いま日本を、見て持っている鉄とガソリンを使わなければ、アメリカにジリ貧でやられてしまう、という危機感が軍部にあった。そのこともずっと書きました。だいたい宣戦布告もしないで、いきなりハワイを空襲したのはけしからん、というのがルーズヴェルトの宣戦布告の翌日の演説ですね。だけど日本は宣戦布告をした。そのとき、ハル国務長官は知っていたんだけれども、知らん顔した。なんであいつらは宣戦布告もしないでいきなりパールハーバーを爆撃して二千人のアメリカ人を殺したのか。その二千人はほとんど軍人です。でも二千人を殺したために、それから日本は三百五十万人の人間を殺されなくてはいけなくなってきたわけだけれども、その二千人と三百五十万人では釣り合わない。しかしそれが戦争なんですね。戦争は何をやっても構わない。

そういう物凄い嘘と誇り高き仕掛けというものを見ると、阪神・淡路大震災もそうでしたし、今度の東日本大震災もそうですが、この大震災でやられた人たちの数は、戦争に比べれば少ない。だけれども大変な被害を受けたわけで、日本人には失礼ですが、それはそれで必然の暴威には敵わない。しかし第二次大戦のとき、太平洋戦争というものの本質は「日本人の虐殺」でしたね。まず一九四五年三月十日の大空襲は、北風の満月の日にしたわけです。そしてあっという間にダダダダッと丸く落としておいて、その円の中にダーンと全員を殺せというのがありましたでしょう。その次が広島、そして長崎の原爆がある。何人殺されたかいまだにわからない。一応、はっきり名前のわかっている人は入っていますけれども、それ以外はわかりませんね。アメリカ側の本を読みますと、戦死者、つまりアメリカが勝利者として殺した日本人の数はもっと多いですよ。彼らは殺した人間が多いほど、原子爆弾は「よきもの」なんですから。僕が読んだ本では広島で二十万人、長崎で十五万人という記述でした。一気にその場で殺せた。これだけ効果のあるものは、今後、アメリカでは永久に保持して、世界一の大国になろうではないか——それが彼らの考えです。そこが日本人とアメリカ人との考え方の差で、いまだに続いている。

阪神・淡路大震災のとき、僕はまだ六十五歳でして、働けると思ったものだからボランティアで行って、精神科医としてひと月くらい働いたんです。あちこちの避難所に行って、一日に十万歩近く歩きました。中央区ですから神戸大学の精神科に泊まらせてもらった。ところがボランティアの中では僕が一番の年寄りなので当直室に泊めてくれた。寝袋はちゃんと持って行き、あとで役に立ちました。六千人余の人々が死んで、これも誠に悲惨な死に方をみなさんなさって、六千人のうち五百人は焼け死んでいるわけですね。生きていたんだけれども、火がきて逃げられなかった。そういうものは天災としてあるわけで、日本人はそういうときに、頑張り強いですよ。あの嘘の戦争を昭和十一年から二十年まで九年間、僕は信じてしまった、というのがいまだに残っている。人間というのは恐ろしい、いっぺん信じてしまうとそれを直すことはできない、そういう魔みたいなものを持っているんだと思います。だから僕の小説はみんな戦争のことばかりです（笑）。

秋山　そうだな。でも俺の読んだドゴールの『大戦回想録』（一九五四〜五九年、みすず書房、一九六四年）では、「落とす必要のなかった原爆」とあるよ。

加賀　ドゴールはあのとき呼ばれなかったし、知らされなかったから、うんと悪口を書いたわけだよ。じゃあ、自分が原子爆弾を作らないかといったら、違うね。大急ぎで作った。

秋山　持ってなくちゃと思ったんだよな。

西部　トルーマンはルーズヴェルトが亡くなって急遽大統領になって、全然権威がないものだから、日本に原爆を是が非でも落として人気を博したい、ということがあった。トルーマンの個人的な名誉欲というようなものがあったんでしょうね。

加賀　そうだと思いますよ。だけど、さすがのトルーマンも、そのときソ連が一所懸命原爆を作っていたということは知らない。すぐあとで爆発させるでしょう。

懺悔できない人々

西部　今度の「震災」と「戦災」は、もちろん自然現象と歴史現象、社会現象という大きな違いがあります。「必然」とか「宿命」という言葉をあんまり簡単に使っちゃいけないけれども、あの二十世紀前半の凄まじい歴史の歯車の中で、ファシズムが生まれたのもナチズムが生まれたのも、日本のいわゆる軍国主義が生まれたのも、やはりアングロサクソンを中心とする世界のパワーを握っている人間たちと、それに遅れてきた人間たちとの間に、起こるべくして起こったことだ、というふうにひとまず押さえるとします。

そうしたら、阪神・淡路大震災も東日本大震災も、人間がいくら予測して努力しても、それは敵わぬ、という形で歴史なり自然なりの歯車が回るという意味での必然であった。そしてその必然から危機――危険というのは英語で言うとリスクで、一応確率的に予測できるとするものを言うようですけれども、リスクをはるかに超えた、予測なんかつかない、漠然と予想はできるんですが、そういうものとしての危機が現実のものとなったときに、同時に人間の真実や国家の真実までもがあぶり出されるようにして出てくる。もちろんこれはあぶり出されたら大変だから、加賀先生がおっしゃったように必死で誤魔化して大本営発表ということがあるんでしょうけれども、そういうことも裏で含みながら、こういうふうにして戦後六十六年、なんとなく安穏に生きて、漫然と平和の中で生きて、小さい声でしか言えませんが、なんか退屈で死にたくなるな、という感じがある。

秋山　退屈ねぇ（笑）。

西部　その感じを強かれ弱かれ一億二千八百万の人間が持っているときに、ふいに自分で収拾できない、いわんや科学とか技術では如何ともマネージできないものとしてのクライシス、もっと言うとカタストロフィのようなものが起こり始めたときに、思い直せば、人間一個の人生だっていつ死ぬかわからない。もっと素朴に言えば、いつ離婚するかもわからないとか、いつ財産を失うかわからないとか云々とある。振り返り見れば、自分が安穏と生きていたように思っているけれども、ほとんど一本の綱を渡るようにして、そういうふうな危機に富んだ人生行路であったのかと。自分一個がそうなら、いわんや日本国家も相当危ない橋を渡ってきたのだとなる。逆に言うと、ひょっとしたら最も生き甲斐のあることは、本当に危ない橋を自覚的に渡ること――最も危ない、危険を超えた危機の中で生き切ることができたときに、最も生の充実というものを味わえたのにとか……とは言いながら僕はもう七十二歳ですから、いまさら危機に挑戦する気も何もないんだけれども（笑）、一応そういう物語を語りたくなるということがある。

そうすると、現場におられた先生方は大変だったろうけれども、本当に素朴に言って、ちょっとうらやましい気がする。新宿が燃えて小さな村だったことが判明するとか、そのほか、昨日まで必死で夫婦、親戚で財を蓄え作った家とかが、あっという間に燃えてしまうというようなことを目の当たりにしたときに、恐怖もあるでしょうが、同時に恐怖に直面して、なんとかそれをくぐり抜けてみたいものだとなる。くぐり抜けたときに本当の充実というのがあるんだなと。そういうことをあれこれ味わった世代に対して、半ばですが、ジェラシーみたいなものを感じぬわけではない。そんな気もします。もっと言うと、戦後六十六年、僕は少々やったつもりではいるけれども、あとの世代がそういうことを追体験でもなんでもいいですが、執拗にあの戦争をめぐる、裏も表も上も下も掘り起こしては解釈し、また掘り起こすということをずっとやっていれば、こんなバカげた国家になりはしなかったはずだがなあ、と思うんです。

加賀　そう思います。今度の大震災は福島原発を抜いては考えられない。福島原発で被った被害は、必然の被害と一緒になって、どんどん故郷、海、空気を侵食していますね。だから福島原発を作ったときに、それはドゴールみたいなものですよ。戦後は原子爆弾を平和利用するんだと日本は決めて、自民党を中心とする政治家、官僚たちが一緒になって原発を作った。そこへ思いもよらない大きな津波がやってきて、これで日本は科学の国かなと思うくらいの不手際をニュースで見ていました。あれがなければいまおっしゃったことは全面的に認めます。しかしあれがあるから、人災でもあるわけです。自然だけではなくて、人間のおごり高ぶった科学思想があって、アメリカが原爆を作ったように原発を五十いくつも作っているわけでしょう。しかし悪魔的な作用として目の前に白日の下に曝されたわけですね。阪神・淡路のときも僕が一番不思議だったのは、だれ一人責任を取らなかった。だれが責任を取ってもいいんですが、「申し訳ありませんでした」と国民に頭を下げるような人がいなかった。

西部　これはいかがですか。僕は後追いで読んだんですが、加藤周一さんが最初に世間で評判を取った作品だったと思いますけれども、日本が戦争で負けたことについて、自分たちには科学的、合理的精神において悖《もと》るところがあったから、こんな結末になったんだ、ということを書いていました。

加賀『ある晴れた日に』（一九五〇年）ですね。

西部　ああ、それでしたかね。それを読んだときに、僕はかなり不愉快を感じたんです。

秋山　ああ、そう。

西部　何が科学だ、何が合理だということがあった。加賀先生がおっしゃったことを完全否定するわけではないんですが、でも科学とか技術のもたらした被害というのは、原発の場合は放射能という目に見えぬ怪しげなものがあるので、人の不安を非常にそそるんだけれども、でも冷静に考えれば、自動車だろうが薬品だろうが食品だろうがその他諸々、精神病にまで口を挟んだら失礼になりますが、たとえばこんな高度情報社会で、情報と戯れているうちに、ひきこもり症候群エトセトラで精神の病を持った者が増えてくるということまで含めて被害と言えば、科学及び技術というのは、人間が別に近代だけではなくて、ずいぶん前から手を突っ込んだと言いますか、人類の発生と共に古いんでしょうけれども、それと共に文明というのは裏側で膨大な被害を伴っているものである。だからいいと言っているわけでも、だから認めろと言っているわけでもない。そんな薄っぺらな現実主義ではないんですが、そういうものに自分たちが手を突っ込んで、悪い喩えかもしれませんが、いわば「悪魔」と契約を結ぶようなことを、わかりやすい例は原爆だったりするんでしょうけれども、それはとうの昔からやっていた。

ところがそれを戦後六十六年間のみならず、もう何百年どころか何千年にわたって、文明の進歩だ発展だ繁栄だ、と言ってきた人類がいる。取り立てて言えば戦後六十六年の日本人が、そういう科学崇拝、技術信仰、合理崇拝をすることがこの戦争への反省だと、加藤周一さん的に言えばそうなる。それを進歩だとしておいて、その路線をひたすら歩んで高度経済成長があったり、あるいは自民党の政策があったり、そういうことをした挙げ句に、「この原発事故は勘弁ならん」と言っているのは、日本人の巨大な誤摩化しではないか、という気がする。でもそこまでくると、それに対してみんなして、ある種のエコロジカル・バランス、生態系的均衡を取り戻そう、なんて言っています。飛躍して言えば、自然のエコロジカル・バランスにとってはほとんど人類そのものが悪魔のようにして地球上に現れている、ということを自覚しないまま、「エコロジカル・バランスに戻りましょう」というのを聞くと、不愉快である。

加賀　僕もその点は不愉快です。ただ今度の場合、原発がもたらした災害というのは現実にあるわけで、苦しんでいる人たちが大勢いる。故郷を失い、田畑を失い、友人を失い、そういう悲惨さというのは津波だけでは起こらなかった。私はキリスト教徒なもので神を持ち出しますが、津波の災害を神の怒りと取れば、人間の中には悪魔的なものが潜んでいて、原発なんかをどんどん作る。作れば作るほどカネが儲かる。その電気を使って輸出できるということで、いままで右肩上がりできた日本が痛撃を受けたわけですね。痛撃を受けたら、反省してくれなきゃ困ります。だれも反省していない。

それは非常に奇妙な状況で、戦争が終わったときに「国民総懺悔《ざんげ》」なんていうことを首相が言いましたが、いま、国民総懺悔ですか。それはないでしょう。人間がやったことの中には間違ったものがあって、間違ったものは科学というものに対する過信、そして科学は何をもたらしたかと言うと、富をもたらしてきた。製品をたくさん作ることによってですね。いま、盛んに「電気を節約しましょう」と言っていますが、その節約した電気はどこで使うかと言うと、工場で使って儲けようじゃないか、という話です。それはないだろうと僕は思うんです。僕だって物を書くときはどうしても電気をわずかですが使いますから、悪魔なんです。「信長」さんはどうですか（笑）。

秋山　私は戦争のことよりも、敗戦後のことのほうを考えるね。敗戦のとき、日本は弱者切り捨てですよ。元気なほう、お金が儲かる奴のところだけでここまできたんだよ。いまでも同じだね。だから今度の震災でどうですかね。やっぱり弱者が切り捨てになるんだろうと思うよ。これは戦災孤児だけではなくて、傷痍軍人もいたりして、結構、日本は弱者切り捨てなんだよ。それがずっと続いていると思う。戦争中のことはあんまり疑わなかった。戦争に勝たなくちゃいけない。ただし軍隊というのは嫌なところだと思ったから、矛盾したところにいるね。勝たなくちゃいけないけれども、軍隊には入りたくないなと。軍隊には上のほうから下のほうまで本当に傲慢な奴がいて、今度もその傲慢な奴の顔を見たよ。最近辞めたけれど、復興大臣の松本龍って奴だな。でも日本はそういうところだ。日本の戦後のことについても、私の経験、見聞と一致するものは、何一つちゃんと書かれたものはないですよ。

第二次大戦は終わっていない

司会　東京大空襲を指揮したのはカーチス・ルメイで、彼に戦後の日本は勲章をあげていますね。

西部　理由は、航空自衛隊の創設に貢献した、という名目なんですね。僕は反発しているのではなくて、あの時代、物凄い人種差別を当たり前のこととしてやっていて、人種差別意識というのは、ルメイにとって日本人は皆殺ししていい存在だったんです。できれば一匹も残らないでほしいと。現にそれらしきことを言っていたようです。そういう時代でもあったんでしょうね。

戦後も六十六年経って、物凄く空虚だという感じがある。たとえば三島由紀夫が「絶対の青空」と言って、あの八月十五日の空にいろんな意味付けが可能なんでしょうけれども、まだあのときには「絶対の青空」を「絶対の虚無」と感じることができた。三島さんもうらやましいような気がするぐらいのもので、僕はまだ六歳ですから、青空見上げたって、札幌も青空だったんですが、なんにも虚無なんて感じない。僕は蟬を捕っていたんですが(笑)、それから歳をとりますでしょう。あったものはカネ、カネ、カネで、カネでないとしたらくだらない情報、情報、情報、もっと言えばくだらない教育、教育、教育なんです。

絵を描いてみたら、戦争でいろんなしくじりも間違いもあっただろうけれども、一応、歴史の盛衰としての上がるなり下がるなりの線があって、ところが八月十五日から日本は、地中と言うよりも空中に虚しく弧を描いている……となって、それで六十六年経って、大震災だその他で、ふと敗戦の八月十五日にまた戻るような感じがする、と言うと、この六十六年はほとんど虚しい風船のように空中に浮かんでいる丸い曲線であったなあと。歴史の連続から言うと、まったく余計な迂路をたどっていただけのものじゃないかなという意味で、三島さん以上にどうしようもない虚無感が、大げさに言うと十九、二十歳の頃からずっとそういう気分が水位を増してあるんです。そういうものをどうやって誤魔化すかとか処理するかとか、そういうことで精一杯だったですね。つまらない人生でつまらない時代でつまらないことを俺はやっているなと。でも、「つまらない、つまらない」と言っていてもしょうがない。

加賀　そういう感じはしますね。いまの日本人の気持ちは敗戦のときと非常に似ていますね。何もなくなってしまった。すべては燃えた、破壊された。これから立ち上がるにはどうしたらいいかと言うと、技術立国しかない、と日本人は考えたわけです。科学の力しかないということで、まずはアメリカに教えを乞いに行って、アメリカに留学して向こうの技術を学び、だんだん日本独自のものを出していった。テレビも自動車も原発も、そういう形で科学立国という何か一つの正しい平和な方向に動いたと思っていたら、なんと双六は元に戻ってしまった。また敗戦になってしまった。

秋山　今度の東日本の災害を、政府はどのくらいのものだと思っているのだろうね。ただ新聞をぼんやりと所々しか見ないと、なんでこれでいいのかなと思うね。もっと責任ある人が最初から被災地に行くべきだよ。行っていなくちゃおかしいね。戦争だったら行っているだろうね。将軍が前線に行かなくちゃ戦争できないものね。だれかが行っていなくちゃ。だれも行っていないじゃないか。

司会　将軍がいるのかどうかもわからない。

秋山　いないんだね。

西部　そのことと関係があって、軍隊の場合は明確なオーガニゼーション、組織で、もちろん組織の悪とかをわかっているから簡単に組織を肯定する気もないけれども、いずれにしても先ほど言った意味で、予測不可能なものとしての危機が出来したときには、日本人が大好きなＩＴ、インフォメーション・テクノロジーというのはほとんど無用、もしくは有害の長物であって、なんとか四苦八苦しながら応対できるとしたら、人間の広い意味での組織しかない。組織と言えば、もちろん軍隊も入りますが、家族の組織から始まって、共同体もある意味では組織ですが、組織、組織と言うと、ほとんどナチスみたいになるから言葉が難しいんですけれども。

戦後、そういう戦前、戦中の組織を嫌うがあまりということと、アメリカから戦後に入ってきたイデオロギーとしての個人主義とか自由主義とかというものの、アメリカのイデオロギー的上澄み液を戦後、敗戦日本人が飲み過ぎたせいで、この六十六年かけて日本人によかれあしかれいろいろとあった集団でも組織でもいいですが、そういうものを逐一壊してきた。自由に反する、あるいはヒューマニズムに反するエトセトラの理由でですね。特に平成に入ってからの二十三年間、徹底的に日本人における人と人とのつながり方を逐一壊してきて、そしてその危機は地震でも、そのうち戦争めいたことが起こるんでしょうけれども、そんなことが起こってしまったら、それに対応できるものが何もないという状態にいま、近づいているのかなと思っています。

そうなってくると、組織の暴走もわかるし、組織が硬化して、僕は背が小さいから軍隊に入れなかったかもしれないけれども（笑）。秋山先生がおっしゃったように軍隊というのは厄介で、確かにたかだかサーベル持ったくらいで威張り散らかした嫌な人間たちが山ほどいたんだろうと思いますが、でもいまから思うと、やっぱり日本人は明治このかた必死になって、せっかく鎖国していたのに開国させられて、それで必死になって日本流の組織の作り方をいろいろとしていた。大雑把に言えば、天皇制も含めて日本的な人の集まりをどうしようと言ってやっていたものが、あの大敗戦によって全部壊された。

それでも戦前、戦中のイナーシャ、慣性の法則があって、いわゆる経済で言えば日本的経営などという形でどうにかこうにか高度成長その他もやり遂げたんだけれども、そういうものも平成に入り壊し始めた。だから実際に予測できないことが起こってしまったら、ただひたすら菅直人首相をはじめとして右往左往、周章狼狽、呆然自失する以外に我が民族は手がないのである。お二人を怒らせる気はないんですが、そうなってくると、軍隊という組織が、あるいは天皇制という誤解だらけの似非神話みたいなものがあった頃にも、一抹の懐かしみを覚える。

加賀　大震災が起きたために沖縄の問題がいつの間にか忘れられているでしょう。基地というものが戦後六十六年、ずっと日本という独立国の中にあった。一度も日米安保条約を拒否して、アメリカ人に「出て行け」と言う度胸のある政治家が出なかった。フィリピンは全部アメリカ人を追い出しましたよね。そういう国もあるのに、日本は依然としてアメリカの下働きをしながら多くの日本の基地を与え、補助金まで出してアメリカの軍隊を置いているわけでしょう。それは「安全のためだ」と言いますが、いま、安全は一番、原発で日本が犯されているわけですね。アメリカがいろいろな機械を持ってきて、「これを使え」と言っている。フランスもそうですね。でも、みんな故障して動かなくなる（笑）。つまり技術というのは不完全な代物なんですね。

そういうことに気がつくと、「戦争をここで終わらせたらいいんじゃないか」というのが僕の考えです。ずっとアメリカと一緒に戦争をしていたわけでしょう。朝鮮戦争もそうだし、ベトナム戦争もそうだし、湾岸戦争もそうです。日本はそれでみんな儲かっているわけです。戦費を出してもなおかつ、あり余るだけの輸出があって、武器の補給も油の補給も日本がした。このように戦争に協力しながら、「自分は戦争をしていませんよ」という顔をしていた。だけど、ある意味では沖縄の問題がにっちもさっちもいかなくなったときに、大震災が起きて、原発事故が起きて、「沖縄はどうなったんだ」というふうに人々はいま、考えなくなりましたね。日米安保条約というものがそもそもの間違いで、あそこから始まった日米同盟というのは幻なんです。そういうことに日本はどうして気づかないのか。

西部　そうなってくると、インディペンデンス、独立という言葉も難しいと思いますけれども、負けようがどうなろうが、地震が起ころうが津波が起ころうが、人間は個人としても国民としても、原点の原点に独立——独立と言っても人間なんて大したものではないから、勝手に独立と言って威張られても困るんですけれども——人間は否応もなく一人ひとり孤独であって、先ほどの組織とか連帯で言えば、孤独であるが故に連帯を求める。そうなってくると、孤独で打ちひしがれるのではなくて、生き抜いて、そしてまあまあきちっとした形で死のうと決めたら、独立不羈《ふき》とでも言うような精神の構え方とか生き方がなければならない。日本人にとっては、簡単に説明すれば宗教感覚が乏しいせいだとかいろいろと説明できるんでしょうけれども、原因はともかく、孤立も恐れずに自立してみせる。そして自立したことによって生じるいろんな他者との危険と危機を含む危ない状況にたいしては、失敗するかもしれないけれども、根本的には自力で対応してみせるということを、まあまあやりとげたときに、これでよかったのかなと言って、個人の場合は死ねる。ただ、民族はそう簡単に死ぬわけにいかないから、国民としては大変ではある。

そういういろんな意味での独立心というものが、戦後六十六年生きてきて、これは会社員に限らず大学の先生でも、僕は政治家そのほか、昔で言えば革命家を自称する者どもも含めて、そういう人間を見てきましたけれども、結局のところは独立不羈の精神をなんとか貫いて生きて死んでみせようという人間の割合が、たぶんいろんな国と比べて相当、少ないのかなと思う。

秋山　我々は敗戦後、戦争を忘れて歩んできたから、それである時期までは世界経済大国第二位になった。儲かるようにはっきりその道を歩いたわけだ。そこはまっしぐらによくきたものだと思うけどね。だから戦争のあるところから学んでいないね。そこのことだろう。今度の東日本の災害が大変だと思ったら、政府の主要な人間が五人か六人、瓦礫の中に行かなくちゃいけないよ。戦争なら乃木大将みたいなのがいて、前線に行って自分の息子が二人死ぬじゃないか。だから兵隊がついてくる。そういう人がいなくちゃ駄目なんだから。「前線に立つ」ということを今回はやっていないね。だからだれも責任を取らない。

西部さんは「組織、組織」と言うけれど、悪い組織がいっぱいあるじゃないか。東電なんてそうだね。私はいま、気にして見ているけれども、避難する人たちが東電の社宅にみんな入って行けばいいと思ったし、ボランティアの人たちが活躍していていいなと思っているけれども、東電の社員の奥さんたちがもうちょっとボランティアに出たほうがいいね。それがお互いの助け合いですよ。女じゃなきゃできないこともあるんだから。なんにもしていないね。これが日本なんだよ。弱者になったら切り捨てで終わりだよ。そういうふうに俺には見えるよ。

加賀　そうなんだよな。僕は歳老いて、そして心臓が悪くなって、手術を二回も受けて、ペースメーカーなんかを付けられちゃって、人造人間みたいになった気持ちで毎日毎日過ごしているわけだけれど、科学にはこういう側面もあるんですよ。だから全部の科学が駄目なんじゃなくて、もしこのペースメーカーがなければ僕は死んでいたと思います。ペースメーカーのおかげでなんとか生きて、あと五、六年は生きられるそうです。そう思って死ぬ準備をしているわけですけれども、しかし問題は、第二次大戦が六十六年経っても終わっていないんです。あの安保の理事会で、拒否権を持っている五つの国はすべて原爆を持っていて、しかも第二次大戦の勝利者でしょう。それがイギリス、フランス、ソ連（ロシア）、中国、アメリカですね。この五つの国以外は拒否権はないわけです。つまり、まだ戦争は続いている。そして日本はその中の一番強そうなアメリカに基地を提供することによってアメリカが守ってくれると信じてきたんだけれども、今度の原発事故のときに一番最初に逃げ出したのはアメリカ人の民間でしたね（笑）。

秋山　やるな（笑）。

加賀　よく見ると、あの国は日本を守るのではなくて、日本にタダで、しかも補助金付きの基地をたくさん持って、あれは航空母艦を動かすよりもうんと安くいきますからね。日本を浮沈空母にして、そして六十六年が経っているわけです。その間に日本を基地にしてたくさんの戦争をやっている。日本人はそれを見て見ぬ振りをして、自分はカネを儲ければいいという方向で進んできた。その進んできたものの針が元に戻ってしまったのが、今度の震災ですね。

廃墟から立ち上がる文学

西部　僕は過去にあり得たかもしれないヒストリカル・イフとして、もしもあの敗戦のときに、阿南中将を先頭にして、もちろん物理的条件が乏しかったことはわかっていますけれども、いわゆる本土決戦をさらにやったとします。さらに何百万かの日本人が本土の本島において数カ月やって、その本土の決戦の中で上空一万メートルから原爆だとか焼夷弾が落ちてくるのではなくて、目前に敵というものが、本当に敵かどうかはわからないけれども、戦わざるをえない者が目の前にありありとあるんだということを、軍人は中国とか南洋のほうで実際に味わったんでしょうけれども、もしも本土の本島で多くの人々が目の当たりにしたとしたら、こうまでだらしなくアメリカに守ってもらえるはずだとか、だらしない依存心を捨てることができたかもしれない。そう思うと、ヒストリカル・イフとして本土決戦をやったら、我々はどうなったのだろうという話を時々、頭の中で考えるんです。

そうすると、三島さんの気持ちもいろんな意味でまた想像できるところはあるんです。僕の場合はあくまでも論理実験としてですね。あそこであんな形で終わってしまって、一応、天皇の終戦の詔勅では原爆のことを「残忍なる兵器」と言っていましたから、なかなか天皇もいいことを言うなと、後追いでわかりましたけれども、それはともかく、あんなふうにしてやって、それで一億総懺悔になってしまった。本当に精神の背骨を自ら畳んでしまったという感じが僕はしてならないんです。それはリアルにはやむをえなかったとしても、せめて近衛兵と一緒に本土陸上決戦に立ち上がったら、いったい、我々はどうだったのか。

加賀　それは恐ろしい想像ですけれども、おそらくアメリカだったら全員殺したかもしれませんね。そしてここにアメリカ人の新しい領土を作って、『万葉集』から日本の古典全部は図書館に入れておいて、「昔ここに日本という国があった。こんな奇妙な言葉を使っていた。読みたい奴は読め」というふうになったでしょうね。

秋山　そう思うか。

加賀　そうだね。それはある程度、フィリピンがそうなっちゃっているから。

秋山　そうか。
加賀　アメリカに占領されている間に全部そうなってしまった。あの国の公用語は英語とタガログ語だもんね。同じことが日本で起きるでしょうね。だってアメリカは侵略国家ですよ。ハワイを侵略し、フィリピンを侵略し、日本を侵略し、まだ日本をいまだに離さない。
西部　いろんな条件が違うから同列には論じられないけれども、たとえばベトナム戦争があったり、イラクでもアフガンでもいいんですが、加賀先生がおっしゃるようにアメリカは戦争国家で、戦争以外に何もできないような国家だと思うけれども、でもアメリカの戦争国家として誇るべき戦果というのは、対日本だけだとも言えなくもないんです。あとは全部引き分け、もしくは敗北です。だから日本人は、アメリカにとってはGHQという、あんなに誇らしい、涙が出るほど嬉しい思い出というのを提供してしまった。悔しいなと思う（笑）。
秋山　そう思うね。
加賀　おいしいものを食べさせてしまったんですよ。いまだに食べているわけ。
秋山　これから日本は大変だろうね。
加賀　僕は文学者の一人として、やっぱり今度の東日本大震災は、文学として非常に大事だと思う。これを書く書かないじゃなくて、これの中にある日本人の持っている思想とか、日本人のふるさと意識とか、そういうものを全部きちんと書くのは、これからの我々の仕事だと思います。もう僕は間に合わないと思うけれども、若い文学者の人たちにぜひ書いてもらいたい。

秋山　やってもらいたいね。

西部　秋山先生が『群像』で連載されている文章で、今度の震災で廃墟という形の無を、どう感じてどう立ち直るか、若い文学者たちに期待する、というようなことを書かれていて、それは本当におっしゃる通りだなと思ったんです。

秋山　出てこないとね。しかし、やっているのかね。

（二〇一一年七月八日）

第三章　辻原 登×西部 邁

一　物語の源泉へ

辻原 登×西部 邁

司会：富岡幸一郎

「物語」とは何か

西部　実は、私事で恐縮ですが、これは辻原さんもよくご存知で、僕は何度も書いたことですけれども、十九歳で東京に出てきて、ほとんどその足で一九五八（昭和三十三）年の六月に和歌山県に入って、そのときに左翼の日教組が、勤務評定反対闘争というものを全国的に展開しておりまして、そのときに最も過激な行動をとっていた和歌山県教組の人がいました。僕は津軽海峡から東京を経て和歌山に入りましたから、まして六月、経験したことのない、ほとんど亜熱帯で（笑）、茫然自失でよく記憶はしていないんだけれども、おそらく辻原さんのお父様が和歌山市内の集会で演説されているのを、僕は半ば朦朧とした頭で聞いていたに違いない（笑）。その後、僕は暑さに耐えかねたこともあって、山奥のいわゆる被差別部落に行って、一カ月近くですけれど……。

辻原　美しい女の先生がいて……。

西部　そうなんです（笑）。部落解放同盟が日教組と同盟を結んで、子どもたちは同盟休校させられていた。その子どもたちの家庭教師をやったということが、僕の記憶の中では物凄く鮮明に残っていて、そんなことを書いていましたら、辻原さんが「そのときの県教組書記長は俺の親父である」とおっしゃった（笑）。そういうふうなことで二人でお酒を飲んだりしたことがあったんです。のっけから、むくつけき質問になるかもしれませんが、物語作家・辻原登さんは、僕の記憶に残っているかぎりで、順不同ですが、芥川賞だ、大佛次郎賞だ、谷崎潤一郎賞だ、川端康成文学賞だ、あとはなんでしたか。

辻原　むにゃむにゃ。

西部　はっはっは。もう文学賞の総ざらいの人で、「賞総なめの物語作家」というのが、いわゆる世間的なレッテルというか看板ということになっています（笑）。「〈物語〉とはなんぞや」ということで、実はついさっき漢和辞典で調べてみました。「物」というのは、もちろん牛偏ですけれど、右側の「勿《なか》れ」というのは「いろいろ雑多なこと」という意味みたいですね。したがって、「物」ということの元々の意味は、肌の紋様が斑牛《まだらうし》というくらいの意味で、それからいろいろな事柄という意味になったようですね。「語る」という字は言偏の「言」ですが、旁《つくり》の吾は「互いに」ですから、「物語」の漢語としての意味は「種々雑多なことを語り合うこと」くらいの意味のようです。ところが、英語で言うと「ストーリー」ですが、ついでに「ストーリー」も調べましたら、ギリシャ語の語源で、「調べ物をして学ぶこと、知ること」というのが元々の意味みたいです。

それはともかく、文芸に深入りなさっているお二人（司会者と辻原氏）にとっての「物語」というのは、もちろんいろんな定義の仕方があるでしょうけれども、だいたいどんなものを指して「物語」、どういう人を指して「物語作家」と言うのか。このことについてはあまり説明されていないように思います。「物語論」から始めてみてはどうかなと思いました。

司会　いま、和歌山の話が出ましたが、辻原さんは和歌山のご出身で、田辺市近くの切目《きりめ》村と言うところですね。前に芥川賞受賞の後のインタビューでもおっしゃっていましたが、「切目村」というのは熊野の九十九王子で、天皇が京都から熊野詣に来るときに泊まる場所を「王子」と言って、そのはじめの一つが「切目王子」だそうですね。

西部　由緒正しいと言うか、怪しげと言うか（笑）。

司会　確かに怪しげですね（笑）。「切目」というのは「切る目」で、死者の国、霊の世界に天皇が入っていくところにある場所で、結界です。そういう霊的なものを含んだ場所から語りの言葉が出てくる「物語」が発生してきているのではないかなと思います。辻原さんは、お見受けしたところ、どちらかというと都会的な風貌で（笑）、作風も技巧的で……。

西部　簡単にいうと、多才できらびやかで、プロットの配置の仕方も実に工夫を凝らしている、というふうに受け止めている人が少なくない。でも僕の漠として感じる印象は、もちろん表面上はそのとおりだけれども、その底の底には何か怪しげなものがあるなというふうに思います（笑）。

司会　そういう物語が発生する場所、言葉がふつふつと湧き上がる磁場があって、そこがご出身だというのが非常に印象的だったんです。そこに西部先生も十九歳のときに行かれている。

西部　と同時に、話が唐突で申し訳ありませんが、こういう印象も受けませんでしたか？　辻原さんの本をいろいろ読ませていただきましたが、一方で和歌山の聖と俗の境界線上に所在しているということも感じるけれども、先ほど「都会」と言われましたが、単に都会風どころか、フッと都会も離れてしまって、強引な準《なぞら》えですが、それこそＵＦＯ、未確認飛行物体にでも乗ったかのように、その高い視点からの鳥瞰図、俯瞰図として、この世の出来事をいろいろ並べたり並べ替えたりしているという面も僕は感じたんです。地の底と空の果てみたいな、その両方からの視線ですね。もちろん作品に即して言わなければ本当は説明になっていないんだけれど……。

司会　直接、故郷の事柄を書いたものは、そんなに多くありませんね。『村の名前』（一九九〇年）の中に入っている「はらんきょ」とかですかね。故郷そのものをそれほど意識されているわけではなかったと思うんです。『村の名前』は、主人公が中国の桃花源村にずっと入っていく。僕はそれがタイトルになっている「村」の名前だと思っていたら、そうではなくて、主人公の生まれた村の名前だということを聞いて、「ああそう読むのか」と思いました。主人公が一度も口に出さない、父親が無残に死に、半身不随の母親がいる村です。主人公の故郷の村の名前は出ていないということを丸谷才一さんがおっしゃったそうですが、やはり辻原さんの作品は、ある未知の世界に入って行くというテーマもあるが、出発点としては故郷がある。

辻原　それはあるかもしれませんね。『村の名前』の場合は、商社マンの青年が中国の奥にどんどん入っていく。一種の闇の奥にあるんですが、結局見つけるのは自分の生まれ育った村で、揖斐《いび》川の上流で奥美濃という設定にしてあるんですけれど、そんなに深く考えながらやったわけではありません。小説というのは、事前にいろいろ準備はしますが、実際に書き出すとまた違った動きが出てきて、どうなるかわからないところがありますが。先生がさっきおっしゃいましたが、後で考えるとそうかなという気がするだけのことなんです。

僕が小さいときの住所は和歌山県日高郡切目村というんです。「日高郡」というのは、日が高く照り輝くという意味の「日高」ですが、たぶん、北海道の日高とも関係があると思います。和歌山から北海道に行った人たちが「日高」と付けたと思います。これはもちろん『古事記』や『万葉集』にも出てくる地名です。熊野というのは面白いところで、つまり吉野があって熊野ですよね。「よしの」は「美しい野」と書くわけですが、天皇は、飛鳥から奈良時代にかけては、吉野に行幸してお参りをしていた。それが京都に移るに従って、あいだにさまざまな内戦・内乱があって、そういう過程のなかで、吉野のさらに南の隅《すみ》っこの熊野を一つの霊界、異界というふうに設定した。そこに戦いに敗れた人たちだとか、志半ばで倒れた死者たちがみんな集まっていろいろ悪いことを相談している。そこへ行って、お参りをして魂を鎮めないと政治はうまくいかないという考え方が出てくる。

実際は、そこで育って生きている人たちは、そんなことは意識していない。僕の村は日高郡切目村で、まさに日高く照り輝く場所から突然「切目」という地名があって……、そうそう、切目の手前が印南《いなみ》。これは、風土記によると「否《いな》み」からきている。現在の住所表記は日高郡印南町切目。笑い話に、結婚式には切目の人間は呼ぶな、とよく言われていました。とにかく、そこからが「熊野」なんですが、切目王子という九十九王子の一つで、割と大きな神社があって、熊野詣の天皇や平清盛だとかみんなそこに泊まっています。平治の乱のとき、平清盛は切目王子に泊まっていて、そこから引き返している。そういう話を小さいときから聞いて育った。

もう一つは、切目崎に有間皇子の碑がありまして、これは『万葉集』の最初の挽歌で、「磐代《いわしろ》の浜松が枝を引き結び真幸《まさき》くあらばまた還り見む」というものです。第三十六代孝徳帝の長子が有間皇子。もちろん、皇位継承の最有力候補で、高邁《こうまい》をうたわれました。その彼が、中大兄皇子と蘇我《そが》の赤兄《あかえ》の仕組んだわなにはめられ、謀叛人とされ、捕えられ、紀伊に送られる。その途中、切目崎の磐代側の浜でよんだ歌で、歌碑がそこに立っています。このあたり、チャンバラごっこなど、かっこうの遊び場でした。

もし有間皇子が殺されなかったら、天武がないわけです。有間皇子が天皇になっていたらどうなっていたかというようなことを、ひょっとしたら西部さんと会っていたかもしれない元々は教師をしていた僕の父親なんかから聞いていたというのはありました。それで小説を書くようになったのかと言われると、全然そんなことはないので……。

スタンダールという作家は、グルノーブルという山間の町からパリに出てくるんですが、目的はドン・ファンになるためです。当時のスターはオペラ歌手ですから、オペラの台本書きになればオペラ歌手と懇《ねんご》ろになれるんじゃないか。僕らの少年時代はなんといっても映画です。だから、映画監督になろう、そうすれば……（笑）。僕が一人で、紀伊半島の南の村から、のこのこ都会へ出て来たのは、要するにそれだけのことなんです。

物語と呪術

西部　途中でよろしいですか。そうはおっしゃいますけれども、たとえばスタンダールに辻原さんを準《なぞら》える文献をちょっと読んだような気がしますが、僕の素人風の印象はかなり違う。辻原さんの作品のどれを読んでも、わかりやすくいえばスタンダール的な、ある種の立身出世の飽くなき欲望だとか衝動とか、あるいはエスタブリッシュメントへの徹底した嫌悪とかいうものはあんまり出ていない。もっというと、辻原さんの作品にいろいろと現れてくる登場人物たちを見る辻原さんの目というのは、どこか人間というのは、これは悪い意味ではなくて、根源的に滑稽な存在であるという人間観のようなものがずっとあるような気がするんです。ですから、「辻原＝スタンダール論」というのは、僕の印象からすれば頷けない（笑）。滑稽と一つに限定したらいけないのかな。人間のどうしようもない生真面目さと同時に、中途半端さだとか、そういう人間のいろんな多面層みたいなものを、どこかでちゃんと見ているというか、骨の髄で感じちゃっている。しかしどうして切目村でそんなことを感じられたのかなという不思議な感覚はあった（笑）。

僕は辻原さんのものを何冊か読んでいるうちに、辻原さんは物語作家というよりも、ひょっとしたら現代のある種の呪術師かなというふうに思ったことがあります。それで先ほどUFOなどというようなことを言ったんだけれども、たとえばですが、いま、僕の頭を過《よぎ》るのはレヴィ＝ストロースのことです。つまり文明人が未開の地を訪れたときに、未開人というのは怪しげなことをやっているわけですね。たとえばここに七転八倒している人間がいたら、これを説明しなければいけない。しかし説明するとなると、これは先祖の祟《たた》りじゃないかというように因果関係を設《しつら》えて治さなければいけないわけですから、そこである種のお呪《まじな》いのようなものをやってみて、治る場合も治らない場合もあるんでしょう。

未開社会に準えるのは適切ではないけれども、要するに辻原さんの見ている現代人とか現代社会というのは、奇妙奇天烈なことをやっている。たとえば盲の落語家がいたり、中国の果てまですっ飛んで行く人とか、サモアからやって来た人だとか（笑）、いろんな人たちが現れる。それを説明するのに、たとえば現代の社会科学者だとか思想家とか評論家が得意とするような、心理分析だ社会分析で、AだからB、BだからCと言ったって、いかにも洒落臭い。つまりここにある現代人の、ある種、具体的な真面目さとか愚かさとか勇気とか臆病とか、そういう種々雑多なことを具体的に説明できない。ここはひとつ隠喩、メタファーとして、あたかも呪術師のように、そういうものの因果関係を呪術の物語として作り上げてやろう、と辻原さんは構えたんじゃないか。

実際、辻原さんの小説には時々、呪術師みたいな人間も登場しますね。それでお呪いみたいなことまでやったりしています。なんかそういう気持ちで東京なりなんなりを眺めているのかなと思ったんです。そういう呪術みたいなものを語ってみせようという気持ちは、切目村と無関係ではないんだろうけれども、切目村からフッとどこかに浮上するなり逸脱するなりして、またそこからいまの日本を見ている。だから場面が異様に広がっていって、北海道のどことか、中国のどことかいうように広がっていくのかなという印象です。ご本人はそんなことは何も考えないでやっているのかもしれませんが、読むほうから言うとそう感じます。

結論的に言うと、理屈っぽくて恥ずかしいけれど、レヴィ＝ストロースが未開の呪術を見て、これは現代人のやっているサイエンス、科学のメタファーなんだと言っています。怪しげな出来事を因果関係として押さえたいんだけれども、まず原因があって時間が経って結果が出ますなんていういまの科学的な洒落臭いものではなくて、呪術的で摩訶不思議な物語として物事の因果を表現してみせようというのが未開の呪術だというふうに言っているんです。だから呪術は「具体の科学」だというような言い方をしています。

ちょっと説明的に言うと、科学というのは具体的な状況そのものを掬い取れないわけですね。それを分析して抽象して、自分に都合のいい現実があるものと捏造して、それで説明したと言っているけれども、やっぱり文学者、小説家ですから具体性を丸ごと引き受けたいと思われるんでしょう。それで、ああいう呪術的な物語になるのかなと思います。ちょっと理屈っぽくて自分でしゃべっていてイヤだな（笑）。

辻原　それはよくわかりますね。ただ僕にそれができているかは別として、さっき「物語」とおっしゃったけれど、実は「物語」という漢語はないんですね。中日辞典を調べてもありません。中国ではこれを「グーシー（gushi）」と言って、「故事」が我々の言う「物語」なんです。あとは「歴史」なんです。我々が「大きな物語」と考えるものを、彼らは「歴史」と呼んでいて、僕らが「物語」と呼んでいるのは日本で作られた漢字です。これはしかも翻訳語ではない。それはなぜかと言うと、僕は勝手にこう思っているんですが、日本語の大和言葉における「もの」というのは目に見えないものなんです。大和の人たちが「もの」と呼んだときは、本来は身体の中にいるべき何かが、なんらかの事情で身体の外に出たもの、それをどうやら「もの」と呼んでいるみたいなんです。

言葉もそうだと言えますね。言葉も「もの」。つまり目に見えない現象で、それは基本的には不吉なものです。だから「もの」と付くと、ほとんど不吉な表現に使われます。「もの忌み」とか「もの狂い」だとか「もの貰い」だとか「ものの怪」。本来いるべき場所に返してやらなくちゃいけない。それを返すために呪術でもいいですが、つまり何かを語る。語るという行為は、ものをあるべき場所と時に戻してやる、鎮魂《たましずめ》が「ものがたり」という日本語の由来ではないか。だから「呪術」でもある。

おそらく熊野というところは、そういう意味での物語の発祥の場所だと思います。折口信夫の言う熊野唱導文学。女性たちが担って、ずっと北のほうまで唱導する。熊野の霊験を語りながら、春をひさぎながら、熊野比丘尼《びくに》があちこちを廻る。熊野の午王宝印《ごおうのほういん》というカラスが本体の護符、カラスの描かれたお札だとか熊野誓紙は、江戸時代までは契約書として使われた。遊郭の女と客が交わす誓いを記した起請文など、そういうものを売り歩いた。そういった人たちがその地で亡くなったりすると、そこに塚ができる。和泉式部や小野小町の塚みたいなものですが、やがてそれが祠《ほこら》になり、社《やしろ》になってゆく。いまは熊野神社と白山神社が全国で一番多いそうで、熊野神社は三千社を超えるようです。

つまり物語というのは、本来いるべき場所にいられなくなった魂たちの世界をどうとらえ、同時に、日々生きている人たちと世界との関係をどう考えるかという思考につながる。シャーマンの世界です。これが「物語」という定義に近いものかな。西部さんがおっしゃったことにつながってくれるとうれしいな。

西部　辻原さんの小説を読んでいると、話がしつこいようですが、平凡に言うと、スタンダールの場合はどうしようもない西洋の個人主義の真骨頂のようなものが人物像として出てきていますが、辻原さんの小説には多彩な個人が登場するんだけれども、何か妙な言い方ですが、個人の個性のようなものは感じられない。個性と見えるものは、歴史的な多彩な物語のうちの一つを、いわば運命、宿命として背負って、そして死ぬなり倒れるなりしていくという、物語の運び手としての人間は実に多様であるというふうに見えてくるところがある。ですから、いわゆる個人主義的な意味での個性の多様さみたいなものが綾なす物語とはかなり異質ですね。僕は理屈しか言えないなあ（笑）。

辻原　いえ、理屈じゃないですよ。感覚と理性の良き融合です、西部さんの言葉は。ところで、話をちょっと戻して、付け加えさせていただくと、「故事」が中国で言う「物語」のことで、「小説」という言葉は『後漢書』にもあって、「諸子百家」の中にも一番最後に「小説家」という言葉が出てきますが、これはいわゆる事件屋のことですね。町のゴシップをまとめて皇帝に報告する「稗官稗史《はいかんはいし》小説」のことなんです。孔子は、小説家はとにかく最低な職業だけれども、あんまりバカにしてはいけないんだ、なかなか存在価値はあるんだよというようなことを言っているということがそこには書いてあります。要するにトップ屋です。でも、これは大切なことだと思います。

政治好きの文学少年

司会　いま、スタンダールが出ましたが、ヨーロッパで言うと近代的な個人ですね。その意味で小説というのは近代の産物です。ただ辻原さんもお好きな小説家だと思いますが、カフカみたいな文学はまたちょっと違いますね。いわゆる近代小説の作法とか、市民社会での人間の個人のドラマとは違った、それこそ「物語」ですね。カフカはユダヤ人で西洋の文脈ですけれども、近代的自我におさまらない人間の魂を物の怪のようなものとして書いている。

辻原さんもおっしゃっていましたが、カフカは実存主義の先駆者みたいに言われたり、不条理という難しいことが言われているけれども、むしろある種の物語の面白さをうまく書いた作家だと。そこで辻原さんの呪術とかと非常につながる。そういうものが日本の近現代の中で、うまく構成されてこなかった気がする。日本の近代小説で言うと、私小説とか自然主義ですから、自分の人生と文学が直結するかたち、つまり個と社会が直結するわけですが、本来、そのあいだにはいろいろなバリエーションも多様性もある。それが日本の中には割となくて、辻原さんの出発点は、そういう意味では非常に異色だと思いますね。

西部　僕はさっきのレヴィ＝ストロースの話で言いたかったのは、彼の『野生の思考』（一九六二年）に「ブリコラージュ」という言葉がある。これは大橋保夫さんが「器用仕事」と訳したんですけれども、あれはちょっと狭い訳し方で、適訳は知りませんが、未開民族は呪術の精神・魂を中心に置きながら、「ブリコラージュ」というのはいろいろな種々雑多な物を、言葉の意味として本当に「物」という感じで、さまざまな物を張り合わせて、この世の説明をしてやろうということなんです。しかも具体から離れず、状況から離れずに。そういうやり方を指して「ブリコラージュ」という言い方をしている。辻原さんの小説における想像力というのは、東の果てから西の果てまでフワッと飛んじゃうところがありますが、僕もそれに倣って、辻原小説を読みながら不意にレヴィ＝ストロースを思い出したりしていたんです（笑）。なんと訳せばいいかわからないけれども、呪術を中心に置いたブリコラージュの仕事という、これはおそらく日本の小説も含めて、お世辞でもなんでもなくて、一度もなかったやり方なんじゃないかなと思いましたね。

従って、どう考えるか知りたいんだけれども、へたするとある種の文芸評論家たちは、たとえば谷崎潤一郎を持ってきて、谷崎の食い物なり着物なり女なりについての、ある種の美意識とか、それについての心理的執着とかというふうに辻原小説を準える人もいるやに聞いているんだけれども、僕はかなり違うなと思う。谷崎の文章の場合に、いま言ったような意味でのブリコラージュという感じは全然ありませんね。精神の広がりだとか、観念の多様さとかが辻原小説にはあふれている。

そして肝心要のことは時間の追い方ですけれども、急に大昔に戻ったり、急に何十年後まで飛んでいったりする。そういうふうな時間軸の上での精神の往復も、あまり谷崎の場合、僕は感じられなかった。だからスタンダールにも谷崎にも全然準えられない一つの別の物語の世界なんだなと僕は受け取っている。

辻原　谷崎は動いていないですね。僕は大好きですが、ただ谷崎ぐらいわかりやすい作家はいないんです。素晴らしいけれどもわかりやすいし、自分の趣味と言うか、自分の教養とか性癖から絶対動かない。しかしその中で豊かな作品世界を作ることができる。僕は別に大したことはやっていないですが、一つだけ谷崎と違うのは政治が好きだということなんですね。と言うよりも、政治というものを世の中で一番大事なものだと考えている。

西部　僕もそうです。

辻原　これを外したら本当は小説を書けないと僕は何十年も前に思い込んだことがあって、話は凄く飛ぶかもしれませんが、たとえば日本の政治家が非常に小さく見えたりということを言う人がいるでしょう。僕は全然そんなふうには思わないです。政治というのはこういうものだし、しかも政治家は高貴な職業である。つまり、どんな利権屋であっても政治家という職業が、僕は一番立派な職業だと思う。これは変わらないですね。僕は父親を見ていたせいもあるかもしれません。父親は社会党で、大した政治家ではないですけれども、選挙を四年に一回ずっとやったり……。

西部　県教組書記長のあと、政治家になられたんですか。
辻原　県会議員をずっと長くやって、最後は五十四歳で亡くなったんですけれども、亡くなる何年か前に参議院選挙に出て落ちて、そこから引退して、それで身体を悪くして死んだんですが、父親は典型的な戦後の社会主義者で、社会党最左派の安保同志会のメンバーでした。
僕には、左翼とか右翼とか関係なく、政治を職業として見たときの政治家の崇高さというのが、感覚的にあるんですね。だから文学と絶対に対立するものではない。僕は文学少年だったんですが、政治は文学に対立するものではないという気持ちがある。だから小説を作るうえで、たとえばスタンダールは徹底した政治嫌いですし、徹底した個人主義者ですね。僕らはもちろん若い頃にスタンダールやドストエフスキーに凄く影響を受けましたけれども、僕の中にあるのはもうちょっと違ったもので、それは近代というものとはちょっと違う物語に通底していくという感じがします。
司会　たとえば、戦後の文学、第一次戦後派の作家たちの、当時言われた「政治と文学」とも違うんですね。
西部　さっきの話と続けて言うと、政治家にたいするある種の敬意というのは、政治家と限らなくても、たぶんある種の文学者もそうなんでしょうけれども、いわゆる実存主義者の好きな言葉、シチュアシオン、つまり「状況」のど真ん中に降り立って、状況の東西南北、あるいは過去も現在も未来も全部我が身に引き受けようと構える。その構えようとするときに、連想ゲームのようで悪いけれども、大平正芳という政治家が、ギリギリわからなくなると、金光教の教祖様のところへ行って何かを聞いてきて、「よし、田中角栄とくっつこう」とか「福田赳夫とケンカしよう」とやっていたようですが、少なくともそういう精神の有り様というのはよく理解できるという話ですね。

辻原　シンパシーが働いてね。だってそれ以外ないと思うんです。

司会　それは政治家が、全体に向かって常にある一貫した表現を絶えず追求する力ということなんでしょうか。

読者を楽しませる

西部　同時に、僕は辻原小説を読んでいて不思議な気持ちにさせられたのは、一見登場人物たちは軽く流れて生きていたり、状況の転々の中で現れたり消えたりしている。ところが、どこか主人公たちに、表では公言しないけれども何か道を求めているように感じられる。そういう意味では、一見愚かな読者が読めば、辻原小説に江戸時代的な戯作の精神というものがあるという面で受け取る。もちろんその面はあるんでしょうが、そういう戯作風を通じて、ある種の求道者《ぐどう》の姿を間接的に表現しようとしているというようにも受け取れるんです。

司会の富岡さんの話につなげると、そうでなければ表現というものの心棒ができないということが、辻原小説に含まれているような気がする。だから辻原小説というのは迂闊には読めねえなという気分になる（笑）。

司会　凄く多彩なものが出てきますけれども、日常性の凡庸さだとか猥雑さを非常に丁寧にお書きになっている。『森林書』（一九九四年）という作品がありますね。あるデパートの中堅社員がいて、アマチュア無線のハムグループの女の声を聞いて、そこから物語が展開していくわけですが、その女性が失踪していって、それをまた何人かで探していくという、失踪と探索の物語です。探索していく主人公は日常の直中にいながら、異界をめぐる。さっきの政治家のことで言えば、政治家は猥雑な日常の中を常にかいくぐらなければならないし、一方では政治の理念とか何かを求道しなければならない。政治家はまさにこの両極の中で表現者としてあるわけですね。

西部　非常に複雑な構造になっていますね。たとえば普通「アレゴリー」というのは道徳の所在を示す寓話ですね。辻原小説は、アレゴリーを直接には語らないんですね。むしろアレゴリー、道徳を目指す寓話を、強いて言うと壊していきながら、壊せば壊すほど残っちゃうと言うか、現れちゃうと言うか（笑）、やっぱりこれは寓話だ、とも読めるんです。だから、言葉は悪いかもしれませんが、非常に手の込んだ道徳物語だという読み方もできるんです（笑）。そのあたりのことを、読者なり文芸評論家たちは本当にわかっているのかと、私のようなアウトサイダーはふと不平をもらしたくなる（笑）。

辻原　そうですね。カフカという作家が発見されてから、我々の世界の見方が変わったのですが、ずっと彼をアレゴリーの作家として読んできましたね。でも、彼はワンランク違いますね。彼はユダヤ人で、ユダヤの古い物語に深くとらえられた語り手であると同時に、フローベールに根底から親炙《しんしゃ》した作家です。

　フローベールはおそらく近代小説で最高の仕事をした人だと思う。つまり小説が面白いとか面白くないというのとは別にして、近代小説という芸術ジャンルとしての小説という意味では、フローベールが完成者だと思います。カフカにとってフローベールは神様なんです。だからフローベールのように書く。しかしフローベールはフランスの有閑層の息子で、一度も働くことなく小説を書いていた。カフカのお父さんは丁稚奉公から働いてきて、そこそこ大きな商店主になった。そこからカフカは大学に行って、保険局かなんかに行ってと、彼の中で、世界とフローベールの世界が一つになって、ああいう小説が生まれる。彼は結核で早くに死んでしまったけれど、そういう作家に、僕は凄く勇気づけられる。カフカの日記なんかを読んでいると、柔な政治嫌悪なんか一切ないですね。その社会の人間を愛おしみながらからかうということが常にある。

　僕の中に求道者的な何かがあるかというと、それはわかりません。非常に曖昧な状況です。ただ一つの小説、長編なんかを構築するときというのは、考えてみれば、いま、僕は『毎日新聞』で、日露戦争と大逆事件を描く小説をやっているんですが、一番長い小説になると思います。『発熱』（二〇〇一年）や『ジャスミン』（二〇〇四年）も長いですが、主要人物でも最低二十人くらいは出てくるでしょう。フィクションだが、登場人物たちはそこにいるかぎりはそれぞれの来歴を持って、そして自分の喜びや哀しみ、自分の父や母を、そこには書かれませんが、全部持ってそこに生きていて、何かを言ったり恋をしたりする。

そういう人物たちを二十人は書かなくちゃいけないわけですね。そうすると、一千枚なら一千枚、彼らを最後まで支えきるだけの思想が作家にあるかどうかに尽きるわけです。そうすると、いわゆる表面的な意味で単なる政治嫌いであったり、左翼であったり右翼であったりしたら、本当の意味で支えきれないですよ。日本の小説がどうしてダメかと言うと、長いものはいっぱいあるけれど支えきれていないというところが弱いと思うんです。僕自身は決して求道者ではないが、作品を作るためには、その作品ごとに、強靭で普遍的なしっかりとしたものを持っていないといけない。

司会　それはさっきの戦後派の話で言うと、戦後派は長編が多かったと思うんです。野間宏の『青年の輪』（一九四七～七〇年）も埴谷雄高の『死霊』（一九四六～九五年）もそうですね。

辻原　武田泰淳もね。

司会　そうですね。ただ彼らの言っている政治というのはそんなに単純ではなくて、右とか左とかマルクス主義ではないと思うんです。そういう流れを辻原さんは意識されますか。

辻原　意識しますね。

司会　その背後にはドストエフスキーみたいな、あれだけいっぱい登場人物が出てきて、喧々諤々《けんけんがくがく》議論して、無神論者から敬虔な信徒まで、とんでもない女性も出てくれば女神みたいな女性も出てくるというような……。

辻原　僕は武田泰淳を凄く面白いと思っていて好きなんですが、物語作者ということからいけば、僕は読者を楽しませたいというふうなところがあるんですよ。つまり、これは凄いこと、深遠なことを書いているんだよというのではない、小説というのはそうじゃない。それは凄いことを書いていても面白くなきゃ、しかも小説読みの巧者でないとわからないような小説を書いたって、そんなの小説家になった意味がないじゃないかというところが密かにある。

そういう意味では、戦後派の長編小説は読んで面白いと思いますけれども、僕はそんなふうでありたくない。僕の小説は売れませんが。ドストエフスキーなんかもどちらかと言うと、エンターテイメントに近い作家だったと思うんです。ディケンズにしてもバルザックにしても、借金ばかり残していますけれども、みんな読まれているわけです。

司会　新聞を読んでいる読者ですね。ドストエフスキーも『ロシア報知』という新聞の連載作家だった。

辻原　新聞というのは、ちょっとまた面白いんですよ。近代の物語の一つの器としてありますね。

西部　ちょっと乱暴な聞き方ですが、『遊動亭円木』（一九九九年）なんかが典型的だったと思いますが、ざっくり言うと、登場人物にある種の不具者が出てくるでしょう。いまおっしゃられた

「面白くする」という意味で、これは変な意味ではないんですが、考えてみれば、ドストエフスキーの主人公だってほとんど精神的不具者ばかりで、しかし不具者が真実の光を放つということもあるし、普通の健常だと思っている人間たちが不具者の姿形からパッと心打たれるような真実とすれ違うとかいうことがある。結論から言えば、不具者の登場のさせ方がお上手ですね（笑）。不具者と言ったら語弊があるのかな。

辻原　でも職業としての小説家の立場から言えば、これは重要なことなんですよね。不具者が光を放つというのは、小説のどの物語もそうですね。たとえば目が見えないというのは知恵者の一つの象徴でもあるし、予言者でもあるし、それだけではなくて、片手がないとか片足がないとか耳が聞こえないとか、そういう人たちこそ光を放つというのは神話から始まってずっとありますね。

司会　熊野の俊徳丸もそうですね。

辻原　小栗判官もですね。死人ですから、これ以上の異形はない。

司会　ヒロインが不具者で、穢れた者と聖なる者というのがつながりますね。

辻原　そうですね。死とか異界と本当に近いところにいるということでもある。ところが僕はあんまりそういうことを意識していないんです。

物語と読書の交差する時間

西部　もちろんそうでしょう。また唐突なんですが、イギリスのチェスタートンという作家に、俗称では『チェスタートンの一九八四年』という作品があって、彼は一九三六年に死んでいるから、未来小説なんです。先ほど調べたら翻訳名では『新ナポレオン奇譚』になっていて、原名は『ノッティングヒルのナポレオン』です。これは妙な小説で、一九八四年という未来に急に都市の環境問題が勃発するんです。この環境問題にたいして戦おうとする都市のコミュニティ運動が始まりまして、そこに現れる登場人物たちはみんな中世の甲冑《かっちゅう》を着込んだりというように、過去が未来に現れる。そういう意味で時間軸を勝手に移動している妙な小説があるんです。

辻原さんの小説を読んでいると、いろいろな出来事が次々と継起していくんだけれども、読後観をみると、第一次的に準《なぞら》えれば、絵巻物をパッと広げると、一枚の大きな絵画の空間にいろんな出来事が描かれている。それは過去が未来なのか未来が過去なのか、そのあたりの時間を意図的に、もちろん時間的に語っているんだけれども、結果としては時間を消してしまうという意味において、チェスタートンの過去を再現させる未来小説という奇妙な構造と、一脈も二脈も通じるものを感じますね。もっと直感的に言うと、辻原さんの小説は絵を見ているような感じがする。

司会　それはおっしゃる通りで、辻原さんはインタビューで、「小説は時間というものをその構成原理のなかに取り入れている唯一の形式である」とリュシアン・ゴルドマンの『小説社会学』（一九六四年）という本の中から引用されていて、「先験的な故郷喪失の形式」として時間が出てくる。その時間は表現するときに構成原理の中に取り入れるんだということですね。これに非常に共感をされていました。つまりいったん故郷とは離れて、まさに切れ目が入って、それで時間という問題が出てきて、さらにそれが全体の小説という構成原理の中にもう一回描き直されるという理屈なんです。

西部　描き直されるところが妙味と言うか、普通の時間を取り入れるとなると、それこそ日付が三年前にこういうことがありましたと、それが原因となってこういう結果が出ましたというのが普通の時間ですね。そうではなくて、すでに三年前の出来事は三年後のことを予感しながら出来事を起こしているわけですね。それでいま現在は三年前のことを回顧しながらいま現在の結果を招来している。そういう意味で人間の意識の中における時間軸上の移動が激しい。もちろん、その移動は完全に自由自在にはいかないだろうし、制約されるんだろうけれども。

司会　僕もそう思いますね。そういう意味での構成原理の中に時間を描くというのが辻原作品の一つのポイントかなと思います。短編では『枯葉の中の青い炎』（二〇〇五年）でも、ある新聞記事からずいぶん長い時間がパッと想起されてというようなことが描かれていて、こういうものは日本の小説にあまりないと思うんです。

西部　一九二〇〜三〇年代のイギリスの「意識の流れ」派の時間感覚とも全然違いますしね。

辻原　さっきおっしゃっていただいた「絵画的」と「時間をどう取り込むか」ということですが、僕が時間をどう取り込むかをそんなに偉そうにやっているわけではないんですけれども、時間をどう再構成するのか。これは先ほどの「故郷喪失」もそうですし、小説にできることというのは、物語というのは時間を再構成するだけではなくて、幸福な時間をどう取り戻すか、あるいは人生をどう俯瞰するか、そのためにはどういう方法で、つまり時間をどう捉えるかですけれども、それをやると一見絵画的に見えるんですね。あるいは建築的と言うか。

特に日本の小説は縦書きで右から左へ読んでいきます。縦に読んで、そして横に流れていく。だから時間は右から左へ流れていきます。これは絵巻物の時間ですね。横書きのものというのは、これは横に読みながら時間は縦に流れている。これはあまり竦かにできない読書時間だと思うんですね。この読書時間と物語の中に流れている時間というのは、微妙にリンクしていくんですよ。読書する時間、たとえば西部さんが読んでいる時間、そしてその時間の中で再構成されている小説の中の時間、しかもそれぞれの人物や場面で流れている時間は全然違う。

たとえば教会とかお寺なんかの建築物があって、そこに信者が入っていって、そこで聖書を読んだり讃美歌を歌ったりオルガンが流れたりというなかで、ある一種の時間が実現しますよね。小説というのはそうだったらいいのになといつも思うんです。でもそれは読み手が実現してくれることであって、僕が一番そういう感じがしたのはトルストイの作品で、やっぱり凄いな、人間業じゃないなと思うのは、『戦争と平和』（一八六九年）とか『アンナ・カレーニナ』（一八七七年）を読んでいると、そういう感覚を呼び起こしてくれる。スタンダールにはそれはまるでないですね。ドストエフスキーも実はないんですよ。

僕から言わせたら、あれはやっぱり観念の世界ですよ。本当に観念の世界の中に人物たちがいて、外側に出ないです。あそこで本当の恋愛なんか生じていないですよ。トルストイの小説ではちゃんと恋愛が生じているし、戦争がちゃんと行われている。しかもそれはもちろん作品の中ですけれども。トルストイがまた復活して、みんなが読んでくれるようになればいいなと思いますね。

司会　日本はドストエフスキーの人気があって、最近も『カラマーゾフの兄弟』（一八八〇年）の新しい翻訳（亀山郁夫訳、光文社古典新訳文庫）が出て人気があります。トルストイは白樺派に入ったと言うけれど、実際はほとんど入っていなくて、ドストエフスキーは戦後派だとかにいろいろ入っている。トルストイこそ二十一世紀だと、これから本当に読まれるんじゃないかとある人が言っています（笑）。

辻原　そうですか。僕もそう思っています。

司会　トルストイは二十一世紀になってようやく墓場から出てくる。そういう意味ではドストエフスキーは都市作家にすぎない。観念の都市作家だということです。

辻原　そうですね。僕も大学で教えたりしていますけれども、一年生が入ってくるとだいたい十九歳ですね。そのとき、必ず演説するんです。「二十歳までにドストエフスキーは読まなければ絶対にダメだ」と……。

西部　僕も十八、十九のときに読みました（笑）。

辻原　二十歳すぎて読んだってそれはただの勉強です。ドストエフスキーってそういう作家なんです。僕はそう思う。だから勉強して読む作家ではないし、しかも二十歳すぎてドストエフスキーを読んで好きになったなんていうのはほとんど信用できない。つまり十五、六から十八歳くらいに読むのが一番いいので、好きですけれども、あんなものは三十になって読んで……。

西部　深刻ぶったって仕様がない（笑）。

辻原　本当に（笑）。新しい『カラマーゾフの兄弟』の訳が出てやっと読めるようになったとか、意外と面白かったとか——何を言ってるかと（笑）。遅いんです。つまり少なくとも二十歳までにはドストエフスキーを読んでいないと、物語作者になれないと思うんです。本質的な意味で。と言うよりも、読まなくても別に構わないんです。読むとすればそれまでに読む。僕はドストエフスキーというのは基本的には再読には耐えない作家だと思っているんです。

西部　そう言ってもらって嬉しいな。僕もほとんど再読してない（笑）。

辻原　僕もあんまりしていないんです。唯一再読できるのは『死の家の記録』（一八六二年）です。

これは何回読んでもいいですね。あとは別に再読しなくてもいい。でも、トルストイやフローベールやカフカは、何回読んでもいい。

西部　小林秀雄さんが、簡単に言えば、女や花の美しさがあるのではない、美しい花があるのだというようなことを言っている。「花の美しさ」というのは観念ですね。「美しい花」というのはリアリティと言うか事実があって、そこに「物それ自体」があるということですね。でもそのどっちかをとれというのは、そもそも無理難題です（笑）。そしてとんとんと話を進めていくと、最終的には女がいて、女が歴史なり状況の中である男と会って恋愛をしたりなんだりと、どうしようもなく動かしがたい物語を男も女もそれぞれ演じて絡み合っているんだということを、トルストイは丹念に描ききっているという感じなんですか。

辻原　僕はそうだと思いますね。

西部　僕がそんなことをわかり始めたのは五十すぎてからだから、どうにもならないけれど（笑）。

辻原　いえいえ（笑）。

司会　ドストエフスキーですが、連合赤軍が浅間山荘から出てきて捕まったときに、「いま、何を一番したいですか」という質問に、「ドストエフスキーの『悪霊』を読みたい」と言ったという話があるんですが、つまり彼らは読んでいなかったわけですね。だからああいった革命という観念を演じたと言うか、入っていったわけで、それはそういうドラマだったんだなあというのがあるんですね。

西部　僕は十九のときに『悪霊』（一八七三年）を読んでいて異様に惹かれたのはスタブローギンの自殺の仕方で、ロープに石鹸を塗っている、これはいいなと思った（笑）。

司会　さっき辻原さんがおっしゃった時間の問題で「絵巻物」というのがありましたが、日本の大和絵は、物語の展開と継起と時間が流れますね。中国の絵というのはそうではないように思います。時間が構成の中に入れられているという感じがします。

辻原　中国の絵の中の時間の流れは日本と似ているかもしれませんよ。掛け軸だと縦に見ていくわけですが。超国宝と言われる『清明上河図』は横に開いてゆく絵巻で、田舎からだんだん街になってゆき、朝だったのが夕方になってゆく、そういう時間がゆったりと流れている。これはヨーロッパにはない絵の時間のとらえ方ですね。

時代の記憶、あるいは寓話

西部　いよいよここから本題に入っていきたいと思いますが（笑）、『ジャスミン』の解説で、野崎歓さんが「秘密を持って愚かな時代を生きる」という辻原さんの小説の登場人物の科白を引用されています。これはもちろん主人公のカッコいい台詞として言及されていて、僕もそうだと思います。ただ、それを読みながら僕は、深め読みなのか裏目読みなのか知らないけれど、もっと何か深いものを、あるいはもっと深刻なものを感じます。もしもおっしゃりたくなければ話されなくて構いませんが、もうちょっと回りくどい言い方をしますと、辻原さんの小説を読んでいると、一方では先ほど言ったように一種手の込んだ寓意とも言えますが、これはさらにほかの一面を見ると、私小説という体裁はまったくとっていないんだけれども、かなり手の込んだ私小説ではないかなというふうに読める節が随所にある（笑）。いま言った台詞で言えば、「秘密を持って愚かな時代を生きる」という感覚は、その主人公の気持ちであると同時に、おそらく、というより当然のことながら、辻原さんの気持ちなんじゃないかなと思うんです（笑）。

ところで、僕は辻原さんが日仏学院のご出身だと勝手に思っていたんです。

辻原　日仏にも行っていました。

西部　そうですか。そのせいなのか、この前、若松孝二監督の『実録・連合赤軍 あさま山荘への道程』（二〇〇八年）という映画の試写を見せてもらったら、この映画は「実録」と銘打っているものですから、だれが殺されたというときに下に字幕が入るわけです。ある一人の学生は出身が日仏学院で、何年何月何日に殺されるとスーパーインポーズが入るんです。それからしばらく経ったら、日中友好商社の社員が殺される。そう言えば辻原先生は日仏学院にいたと聞いたなと、日中友好商社にもいたなと（笑）。変な意味ではなくて、ひょっとしたらこの小説家は、ちょうど全共闘世代ですから、そういう人間たちの生態を、間近かどうかは知りませんが、見る・感じる・考える――ひょっとしたらその連中たちと居酒屋のカウンターで飲んだこともないわけではないのではないか、どこかそんな経験がおありなのではないか。だからどうというわけではないんですが、それが結構、辻原小説の隠れた次元でのリアリティとして、ひょっとしたら私小説ではなくて御自分の時代ということかもしれません。

戦後に限って言えば、戦後民主主義でも戦後左翼主義でもいいんだけれど、それが一種の観念ゲームになって、観念の空回りになって、その時代に生きている人間にとっては仕様がないところがあって、極端なところまで人間が突っ込んで行く。とにかく目も開けていられなくなるような状況がワーッと広がっている。そのことをじっと見ているなりなんなりしていて、辻原さんは不意に姿を消して小説家に変貌したのではなかろうか（笑）。

辻原　それは、神話にしましょうか（笑）。

西部　はっはっは。ともかくそういうことをふと感じた。

辻原　連合赤軍の話で言えば、『枯葉の中の青い炎』の中に『日付のある物語』という作品があって……。

僕は小学校を出て、田舎の中学校に一学期だけ行って、家を飛び出すんですよ。家を飛び出すと言ったって全部親がかりですけれども、和歌山大学の付属の中学校に勝手に編入の試験を受けに行って受かるんです。父親は社会党でしょう。親としてはそんなことができるかという感じですね。でも行ってしまって、結局親が許してくれて、和歌山市に下宿をして、中学一年生の二学期から和歌山大学の学生たちと同じ賄い付きの下宿に住む。僕が十三、四歳くらいですから、ちょうど第二次安保で、中学一年生が学校から帰って来ると、下宿の学生たちとしゃべったりなんかしながらの生活を一人で送って、そこを卒業して今度は大阪の付属高校に行くんです。また大阪で下宿生活を始めるわけですけれども、僕は本当に勉強しなくなっていて、小説ばかり読んでいて、その頃に山岸会と出会い、山岸会はちょうどあの頃、殺人事件を起こして、その事件の後なんですが、高校二年生の一学期頃に山岸会に入るんです。三重県の新堂という駅から歩いて山の奥に入った丘の上にあって、そこから大阪の天王寺にある高校まで二時間半くらいかけて毎日通いました。そのときに見たこと、経験したことというのが凄く大きいんです。

僕は大学に行かなかったのも、そういういろんな混然としたものがあって、それで卒業して東京に出てきて、また一人暮らしを始めて文化学院に入って、日仏学院に入る。だからまわりにいつもそういう人たちがいて、しかも父親が社会党の左派ですから、父親のまわりにもそういう人たちがいて、僕自身はのほほんとした面《つら》をしながら小説を読み、映画を見ているという図なんです。だから特に何かあるわけではなくて、なんとなく全体の雰囲気の中でのものなんです。

それと日中友好商社に入ったのは、父が亡くなって、スネをかじれなくなったからです。西園寺《さいおんじ》公一《きんかず》さんの会社だったわけですが、彼は民間大使で北京にずっと行っていて、国交回復後、役割を終えて日本に帰って小さな商社を作った。中国語をやっていたので、そこに拾われて、またいろいろと始まるわけです（笑）。まだ文革の影響が強く残っていた頃ですからね。そりゃもう泣くに泣けない、笑うに笑えないさまざまな経験をして、そういうものが渾然一体となって、しかも小説家ですから、なんかありそうだよ、みたいなところへ入ってしまう（笑）。

司会　山岸会はある種の共同生活ですね。そこに辻原さんも一緒に住んでいたということですか。

辻原　僕は正式に参画していました。ほかの人たちは夫婦で来たりとか、財産をみんな提供して入る。カマボコ型の宿舎があって、あの頃で六百人くらいいましたかね。全学連で追われた人たちもたくさんいましたね。同志社大学に鶴見俊輔氏がいて、「家の会」のメンバーになって、鶴見さんの研究室に押しかけたりしました。十六、七歳の頃です。

西部　僕の家は野菜と鶏肉はいまも山岸から取っている（笑）。

辻原　当時の山岸会の人たちはとってもいい人たちばかりでしたね。

西部　あの頃、山岸会は自分たちで学校を持っていたわけではないんですか。

辻原　持っていないです。幼稚園みたいなものは持っていました。高校はみんな伊賀上野に通っていました。山岸会から新堂という駅までが自転車でも三十分くらいかかるんですよ。関西本線のディーゼルカーに揺られて、天王寺まで二時間半かかります。冬になると雪が降って、道がわからなくなる。それでも、通わなくてもいいのにやっぱり学校に行くんですよね。でも凄く楽しい思い出です。恋もしたし（笑）。

西部　辻原さんは隠れたかたちで、求道者的な姿勢がほの見えるということと関わらせて言うと、そういう感じというのは、ヤマギシズムも含めて、自分の記憶にたいしてどうしても真摯に向かわざるを得ないという感じが、ベースのベースにはおありなんでしょうかね。

辻原　ほとんど恥ずかしい記憶なんですよ。

西部　僕にはもっと恥ずかしい記憶がある（笑）。

辻原　だから思い出すときはちょっと斜めに思い出すという感じがありますね。

僕は三十代のはじめに西部さんの本を読みまして、その本は『六〇年安保——センチメンタル・ジャーニー』（一九八六年）でしたが……。

西部　あれは斜めに書いた本だけれど（笑）。

辻原　そうですよね。あのときに、「ああ、いいな！」と思ったんです。こういう人がいる。ずっと深く、遠くまで考える人がいる。この人は北から、僕は南から来た、と。僕の転換点というのは、あの本を読んだあたりなんです。

西部　まさか（笑）。確かに記憶というのは恥ずかしい部分が多くて、自分自身斜めに構える以外に書けないですね（笑）。

辻原　書けないですね。

司会　辻原さんの転換と西部先生が『六〇年安保』をお書きになった一九八五年くらいから、空気としては日本の社会や思想が変わっていった時期で、そこから変化が加速している。一言で言えば一九七二年が連合赤軍で、七〇年代の後半くらいまではある種の戦後的なものとか、戦後派文学的なものがずっとあったと思うんです。ただ八〇年代に入って大きく変わっていって、バブルになって、八五年がプラザ合意の年ですけれども、あのへんから今日のIT社会、情報化社会が始まる。

西部　昭和天皇が亡くなったのは昭和六十四（一九八九）年の初めだけれども、昭和六十年あたりから、いわゆる昭和ジェネレーションが日本の各界の指導層から一斉にリタイアしたんですね。戦後育ちなり、戦後生まれたちが徐々に表に出てきてからが状況が変わった。

司会　だからあのへんから大きく変わっていって、IT社会が出てきて、それから今日言われるFT（自由貿易）ですね。市場主義みたいなものが出てきて、そこで日本はバブルを迎える。一言で言うと「グローバル化」なんですけれども、空間はどんどん拡張されてきて、言葉や時間をじっくり味わい、時間を見返すことが物凄く希薄になっていった。どんどん空間拡張が始まっていますね。

ちょうどその時期に辻原さんが最初に『犬かけて』（一九八五年）をお書きになって、九〇年が『村の名前』ですね。ですから情報化社会で言葉が希薄になって、時間よりは空間となっていって、時間が失われていく世界というようなことがこの二十五年くらい続いてきて、それはさらに加速している。そのなかで辻原さんの「時間」というものがいろいろな作品の中で構成原理として差し入れてある。そういう意味で面白いなと思いますね。いまの若い作家の小説も、状況を切り取ろうということもあると思うので、空間にたいする反応はうまく出てきているけれども、やっぱり時間の喪失が言葉の中にも関わっている。

西部　話が前後しちゃうけれども、辻原小説には一方では死の臭いが、虚無の臭いが漂っている。ただそれは歴史の臭いとか、運命の臭いですから、イヤな臭いではないんですけれども、否応なく小説家だろうがだれだろうが何か表現しようとすると、いま、司会者が言ったような状況ですから、「明るく生きよう」なんて言われたって、生きようがないわけですね。ただそのあたりのことは、失礼な言い方かもしれませんが時々コミカルに描いたり、非常にパノラミックに全風景を展開させてみせるなりしながら、虚無の臭い、死の臭いが濃く漂うのをご自分でセルフコントロールなさっているという感じがする。ギリギリのところでやっていらっしゃるんだなという感じがします。そのギリギリに耐える感覚は、いま聞いて始めてわかったけれど、中学校の時から下宿していればギリギリに耐えられる才能も発達するんだろうな（笑）。

辻原　だから最初の話にあったように、ああいうところで生まれて、一人で都会を転々としていって、それを戦後の時代と合わせるような感じでということが何かあるのかもしれませんね。

「声」から生まれた物語

司会　言葉の問題と関わりますが、西部さんは「言語チーム」ということを言われていて、言葉には四つの機能があって、表現（エクスプレッション）のE、伝達（トランスミッション）のT、価値（メジャー）のM、それからもう一つ、これは重要だと思うんですが、言葉は時間や歴史を孕んでいるという意味の蓄積（アキュミュレーション）のAで、この四つを伝達のTから始めるとTEAM、つまり「チーム」となる。それが言語活動に当てはまる諸機能の構造なんだと（笑）。そうすると言語チームというのが非常に大事で、さっきのITや空間の拡張と関わるんですが、結局トランスミッションの言語は発達していますね。携帯小説もそうですね。いまは言葉の蓄積性とか表現の豊かさが物凄く欠落していて、そういうなかで、たとえば辻原さんの『円朝芝居噺　夫婦幽霊』（二〇〇七年）なんかは、文字だけではなくて人間の声が、非常にフィクショナルなかたちで再現されているというところが面白いですね。

明治の最初の日本語形成というのは文学と関わっていて、二葉亭四迷とか山田美妙が円朝の落語からとっていろいろ作っている。声から文字を作っていこうとしたわけですね。いろいろな先人のことも踏まえながらこの本をお書きになっている。現代文明とあえて言ってしまいますが、何を失ったかと言うと、「声」を失ってしまっている感じがするんです。学生なんかも携帯は電話ではなくてメールなんですね。声でコミュニケーションしないでメールの文字でやりとりする。意味の薄くなってしまった文字の世界に陥っているのが現代文明だと言ってもいい。

ＩＴの社会で、そのなかでもう一度「声」をどう考えるのかということで、私は大変面白く読ませていただきました。本の後ろにある「訳者註」なんかでもそういうことをおっしゃっている。小説の中というよりも小説の外から、まったく別の世界からくる何か声みたいなものを作家が受け止めてそれを書く。ここでは一応、円朝の芝居ということになっていますが、これは大事なことかなという気がしましたね。

辻原　声というのは、朗読をして朗読会をやればいいかと言ったらそういう問題でもない。結局、言葉というのは声です。文字というのはまったく別のところから作られるわけでしょう。声は下から作り上げられた言葉ですね。でも文字というのは、声の言葉が成熟していって文字ができたのかと言ったらそうではなくて、あれは占いです。亀甲とか石とかを焼いたりして、そこに割れ目ができる。それは神の意志によってであって、上からくるわけです。それが文字になっていって、権力の一つの道具になる。王が独占していた文字が、社会の成熟の中でだんだん一般の人に下りていって、我々の文字社会ができる。だから「声の世界」と「文字の世界」というのはまったく違うところに出所があると思うんです。その声が文字化できるということに気がついたのが四大文明で、文字を持った人たちだけが古代文明を作ることができて、いまもその文明の文字で世界中が支配されているといっていい。つまり「言霊」というのは声ですね。「物語」の「もの」というのも声ですね。声の物語です。

それを本格的に、大規模に書き留められ、読まれるようになったのが近代で、本という容器に声の物語が盛られることで近代の小説が成り立つわけで、それを読む、黙読というかたちで我々はその物語を鑑賞するようになる。それまでは物語を声で鑑賞していたのが、黙読で声を出さなくなる。じゃあ声が消えたかと言うとそうではないんです。つまり声が内面化したわけです。内に閉じ込められる。そうすることによって人間は内面を持った。内面が近代の個人主義を作っていく。読むという行為が近代人の基本的な行為で、読むことによってそこに時間が流れていたり、そういう感覚が培われたりする。

でも声がなくなったかと言うと、実際にはみんな声を出していますね。読んでいて文脈がとらえられないと、自然と声に出して読んでいる。ということは、文脈を支えているのは声ですね。それは内面化された声です。それで本を読まなくなるということは内面の声を失うということになる。文脈は声によって支えられている。この声を失ったら文脈が失われる。それがいまの時代ですね。内面の声を失った人々が文字を使って携帯で通信しているわけですから、我々が考えている文脈を支える声はなくなっている。そうすると長い文章も読めなくなってきますね。真の意味での描写もなくなります。そこにこそ神、神々が宿る、このことのために人類が続いてきたのに。

司会　若者がキレるというのは、その声を失っているわけですね。だから感情を一度内面の声にするという翻訳行為ができなくなっていますね。

西部　そうですね。僕が文筆家としてダメな最大の理由は、十八まで吃りだったせいです。声がうまく出なかったんだな（笑）。

辻原　いや、ちゃんときれいに朗読するとか、きれいにしゃべるから「声」と言うんじゃないですよ（笑）。逆に言うと、吃音だからこそ、まさに内面の声が生まれるんじゃないですか。

司会　三島由紀夫の『金閣寺』（一九五六年）の主人公なんかも……。

西部　火付けの人ね（笑）。

辻原　あの観念化というのは凄い。あの内面化された声が観念を作っていくんですね。でも読み直してみて、本当にこの小説はうまくいっているのかなという気もしたんです。ちょっと成立し損なっている世界という感じがします。みんな『金閣寺』を褒めますが。僕も若い頃に読んだときは凄く面白かったけれど、五、六年前に読み直したときには、厳しく見ると、これはちょっと無理があるんじゃないかなと思いました。

西部　僕にとって政治が本当にありがたいことだったのは、僕の吃りが治ったのは政治のお陰なんです。状況のど真ん中のいろんなものの因果関係の中で、何はともあれ決断する以外にない、それが政治の本質です。だから理論的に短絡化させて言うと、吃りを治す最有効の方法は決断です。

要するに決断が自分の中から出てくれば、スッと言葉がつながってくるということなんですね。だから僕はそういう意味では、いわゆる政治的なるものにはえらく感謝しているんです。

僕は妙なことに気がついて、僕の出身は北海道ですが、アイヌの人たちは書き言葉を持っていないんですね。簡単に言いますが、着物のアイヌ紋様を見ると、活字を持った文明人から言うと、パラノイアかと思うくらい紋様が細かくなってくる。それで思ったんですが、ヨーロッパのケルト紋様やメキシコのアステカなんかの紋様も、だんだん「とんがり、とんがり」になっていく。一時期、文化人類学が流行だったときに、書き言葉を廃して話し言葉に、なんて動きがありました。でもやっぱり書き言葉を持たないとケルト紋様のように、ある種の分裂病ではないかと思うんだけれど、感情の細分化と言うんでしょうかね。止めどなく細分化して同じことをさらに細かく繰り返すという、あれはあれで恐ろしい世界だなという気もちょっとしたんです。

辻原　ちょっと思い出したんですが、最近新訳（長谷川宏訳、光文社古典新訳文庫）が出たアランの『芸術の体系』（一九二〇年）という本の中に、ほとんど同主旨のことが書かれていますね。

西部　そうですか。

辻原　書くということは非常に重要なことなんで、人間がバランスをとったり、物をちゃんと見るという意味では、書くという行為が一番いいんだということをアランは書いています。キーボード・ライティングではありません。

西部　僕にはアラン的な気持ちがどうしてもあるな。色川武大さんのエッセイに「とんがれ　とんがり　とんがる」というのがあったと思うんだけれども、彼が取材をかねて精神病の子どもたちの病院を訪れるんですよ。そこである子どもが鉛筆を削っているんですが、どう考えたって完全にはとんがらないわけですよ。じっと見れば僅かな丸みが残るんです。日がな一日、これをさらにとんがらせるために、そればっかり繰り返している少年の話がある。感情だけにこだわると、感覚にだけとんがる恐れがありますね。

司会　声を孕んで読んで書くということが大切ですね。

西部　全体として自分の精神意識世界の可能性がどんな絵巻物として広がるかということを押さえて、「いまここで兎として雪に足跡を残しているんだぞ」と構えていなければいけない。足跡文学みたいなことですね（笑）。

辻原　いいですね（笑）。

（二〇〇八年二月四日）

二　ファシスモと文学

辻原 登×西部 邁

司会：富岡幸一郎

逆理に挑む文学

司会　西部先生の『ファシスタたらんとした者』（二〇一七年）という本が出ました。これまでも『寓喩としての人生』（一九九八年）に続く本を何冊か、また東大をお辞めになった直後、『学者 この喜劇的なるもの』（一九八九年）という学問論と人間論の面白い本などをお書きになっていますが、今回は北海道の年少のころから、六〇年安保、東大の教授になり、またそれを辞職し評論家として生きていく、そうした御自身の人生と、それに重なる戦後という時代と思想が紡ぎ出したメッセージであります。

今日は辻原さんにお出でいただいているので、広いテーマで、文学と時代、まあ戦後ということになるとは思いますが、そのあたりについて縦横無尽にお話しいただければと思います。

西部　自分の本をほとんどあらゆる文学賞を受賞しておられる辻原先生に語っていただくのは、まず恥ずかしいので（笑）、路線を変更するという意味を含めて、僕から発言しましょう。以前、こういう文章を書いたことがあるんです。かいつまんでいえば、「人間社会について語るものは、矛盾というものに切り込む文学的センスを持たなければならず、と同時に、その矛盾をくぐり抜けるための歴史的なコモンセンスを持たなければならない」と。僕は長い間、社会科学、社会哲学のほうを薄く広くやっていて、どうも隔靴搔痒の感が抜けきらなかったんです。それはやはり矛盾というものに切り込む度合いが、そっちの方面は少ないからです。僕は文学とは遠ざかっていながら、いつも文学のことが気になっていました。それはなぜなんだろうと、自己省察してみたのです。

僕が最後に文学として読んでいたのはチェーホフですけれど、それはともかく、人間は矛盾といってても葛藤といってもいいし、もっといえばパラドックス、そういうものから逃れられないんだ、抱え込んでいるんだ、それに突き進んでいるのは文学だと。もちろん文学者のだれもがやっているわけではないが、上質な文学者はそれをやってきた。自分もやらねばという気持ちがずっと続いていたんですが、時折、上質なものについても、ある種の距離感を感じたのは、こういうことです。

たとえばエピメニデスのパラドックスというのがありますよね。あるクレタ人がいて、こう言うわけです。「クレタ人はみんな嘘つきだ」と。これは解き難いんです。言っているのはクレタ人ですから、嘘つきだとなると、文そのものが嘘になるわけです。つまり、クレタ人は嘘つきではないということになるんですね。いわゆる自己言及のパラドックスから抜け出せなくなるわけです。

ただ、そういうこと自体の矛盾があると思います。純文学とされるものから距離を置かねばと思ったのは、実はある常識のレベルに戻れば解決できるパラドックスだからなんです。この場合でいうと、そのクレタ人がクレタ生まれかもしれませんが、ほとほとクレタに嫌気をさしてアテナイに出てきたとしましょう。それこそ室生犀星ではないけれど、「異土の乞食《かたゐ》となるとても帰るところにあるまじや」と。それがクレタだと思っているクレタ人だとして、気持ちは半ば以上、アテナイ人になっていたとしたら、それは矛盾でも何でもないわけです。つまり、コンテクスト、それを喋っている人間の置かれている文脈、脈絡、それを歴史なり日常性なりを踏まえて解釈すれば、何の矛盾もないんです。しかし、矛盾は矛盾です。矛盾に切り込むのは文学の異様な力だけれども、同時に矛盾から何とかして逃れる。これは矛盾ではなくてよくあることだと言ってみせるのは、そのコンテクスト、あるいは人間と人間のコンタクト、接触、そういうものにたいするセンスがあればいいわけです。つまり、コンテクストとコンタクトがあれば、あまり深く矛盾に引きずり込まれずに、矛盾から脱出できるんでしょう。文学といったのは言い過ぎで、辻原さんを含めて、ちゃんとした文学者はその両方を書いていると思うんです。

ところで、こんなことを言っていいのかどうかわかりませんが、辻原さんのお父さんは戦時中に教師として上海におられ、あの時代ですから、好んでか好まざるか、ともかく時代に合った軍国主義的な教育をなされ、戦後、国に帰ってこられ、少し時間が経ち、和歌山県日教組の全国的に名高い闘士として名を馳せた方です。これも一見すれば、軍国か平和かという矛盾です。

しかし、あるコンテクストを見れば、僕にとっては何の矛盾でもないんです。日本が運命として引きずり込まれた世界戦争の中で、一人の男として上海に赴き、軍国主義的教育を施し、戦争が終わって国土復興、国民の活力復興のために力を注ぐというのは、矛盾などしていないんです。あの当時は、いってみれば大日本愛国党と日本共産党しかいないんですから、国のために闘おうとしたら。で、小さい声で言いますが、当時の大日本愛国党は親米を唱えるアホですから、あの時代、日教組、あるいは共産党に近づくしかないわけです。僕にしてみたら、それを表面上、矛盾だとかいうほうがおかしいと思います。時代のコンテクストと、その人間が経験したいろんな接触、コンタクトを見たら、そこには何の矛盾もないんです。

実は、僕自身が戦後というくだらない時代、それに近いようなことをやっていて、他人さまから見ると、左翼の裏切り者とかいろんなことを言われました。何も気にしていませんでしたけれどね。あれやこれやとレッテルを貼られましたが、僕の中ではずっと一貫していて、それがファシスタというのは言い過ぎでしたが、言いたかったのはこんなことです。僕は北海道ですから、過去などありませんが、観念の中でファシスタで言えば、ローマへの復活という、過去への憧れと同時に、ぐちゃぐちゃになったイタリア、日本人でいえばぐちゃぐちゃになった戦後、その中で未来というものに向けて、たぶん失敗するだろうが、ともかくも突撃めいたものをしてみたい。そういう当時のファシスタが抱いていた、過去と未来の間で引き裂かれた感覚、それがこの七十八歳になるまで消え失せずにあるんだということです。そのことを書いただけですから、この本はほっといていただきたい（笑）。

転向とは何か

辻原　この本で触発されたことがいっぱいありすぎて、うまくまとまらないんですが、西部先生が父のことに触れられたので、そこから始めましょうか。戦前は第五上海国民学校で軍国主義教育をやっていたことは間違いなく、子どもを殴ったりもしていたようです。終戦前、昭和十九年の終わりごろに日本に帰ってきて、そのまま郷里の和歌山で教鞭を取っているんです。ですから、敗戦は郷里で経験しています。その後、何があったかわかりませんが、帰ってきたのが二十五ぐらいで、戦後すぐ、二十六か七で和歌山県で最も若い校長になっているんです。小さな小学校だったんですが、その校長をやりながら、郡の和歌山県教職員組合の書記長もやっているんです。当時、校長で組合の書記長というのが可能だったんでしょう。そこから、和歌山県の日教組の書記長になったころ、勤評（勤務評定）闘争が起きて、そこで激烈な闘いをしてという流れのようです。

西部　読者のために、少し口をはさみます。ちょうどそのころ、僕は十九歳で東京に出てきたばかりで、六月に和歌山に入るんです。あまり役に立たない活動家だから、山村の被差別部落の応援に行けと。というのも、当時は解放同盟が日教組と連携して子弟の同盟休校をやったものだから、被差別部落の子どもたちを遊ばせておくわけにもいかないので、勉強を教えるために行ったわけです。いってみれば、それが僕の最初の内地体験でした。もちろん、辻原さんのお父さんのことを詳しく存じ上げているわけではありませんが、当時、和歌山、高知、新潟に代表されるように、強烈な闘士に引っ張られながら徹底的に闘ったグループが全国でも何カ所かあるんです。和歌山の日教組というのは、そういうところだったんです。

辻原　たぶん、父は転向などしていないんです。戦前の八紘一宇の軍国主義も、戦後の反権力闘争も、そのままつながっているんです。父は五十四歳で早くに死んだので、僕はずっと後に、そのことに気がつく。つまり、父親は戦後の価値観に合わせて転向したんだという意地悪い目でずっと見ていたのですが、最近は、そうは思いません。人間なんて、そんなにコロコロ変われるものじゃない。ただ、考え方を変えるというのはだれにでもあることで、それがちょっと違ってしまえば、戦後の反体制、反勤評、反安保にもつながっていくし、そういう意味では何の矛盾もなく、父は燃焼したなという感じがします。

先生の本からは離れますが、最近、そう考えるきっかけになった出来事が二つありました。一つは、すごく嫌な思いをしたものです。昨年、名古屋地方の工作機械か何かの有名な企業の社長が『中日新聞』に自伝を連載していたんです。その中で、小学校三、四年生ごろ上海の第五国民学校で学んでいて、ひどい教師に出会った、それが村上六三という名前で、何と戦後、社会党の政治家になり反安保だとか平和だとか言っていた、それが許せない、とそんな話が出たんです。

西部　読者のために一言。辻原さんのご本名は村上です。

辻原　そこで、中日新聞の記者から電話があって、どう思うか、コメントしろ、というんです。名古屋では、そんな教師がいたのかと非常に話題になったらしいんですが、いや、僕はコメントなどする気はまったくありませんと答えました。偉い企業人か何か知りませんが、父は父の生き方ですからと。ただ、なぜその人が小学校のことを持ち出したかといえば、小学校のときに、僕の父が一人ひとり、「君の家には神棚はあるか」と聞いたそうなんです。ありませんと答えたのが彼だけで、ずいぶんと父から厳しい叱責を受けたらしいんです。戦後の価値観からすれば、なんという教師だと、そのことがずっと心に残っていて、しかもその男が社会党の闘士となっていると……。

西部　社会党だったんですか?

辻原　ええ、社会党左派です。

西部　社会党左派。共産党より行動的だった（笑）。

辻原　新聞社からは参考のためにと連載のファクスを送ってきました。いま、言ったようなことが書いてありましたが、小学校のころのことを引きずって、しかも戦後、社会党員であろうが共産党員であろうが関係ないだろうと思いました。それにたいして何か言うのも大人げないと思って、父と僕は別の人格ですからと断ったんです。

それからしばらくして、今度は小中陽太郎さんが『上海物語　あるいはゾルゲ少年探偵団』（二〇一六年）という本を出したんです。お父さんが三井か三菱銀行の上海支店長をやっていて、彼の小学校入学に合わせて家族を上海に呼び寄せているんです。入学したのが上海第五国民学校で、その最初の担任が村上六三であったと書かれているんです。ものすごく話のうまい先生だった。「これは実は辻原登の父である、なるほどさもありなん」と（笑）。今年の神奈川近代文学館の花見の会で、小中さんがお見えになって、初めてお会いしたんですが、名古屋の話もしようと思いましたが、それはやめて、「どんな先生でしたか」と聞きました。すると、「熱血漢でしたよ、小学校低学年の僕も二、三度、殴られましたよ」と。戦後、父から僕は殴られたこともないし、温厚な人柄で通っていたんですが、若いときはそんなものですかねと、そんな話をしました。

西部　社会党左派ではなく日本共産党の話になりますが、五〇年代初めまではシベリアに抑留されてスターリン派に洗脳され、帰国後、軍人上がりが共産党に入ったと整理されているんです。それは間違いではないでしょう。けどしかし、僕はずいぶん前から、戦後左翼の魂として最も凝集したのは、一九五〇年代前半まであろうと、思っていました。その意味をわかりやすく説明しますと、何はともあれ、時代の雰囲気の中で、あの当時であれば連合国vs枢軸国、アングロサクソンにたいして徹底的に命を懸けて戦うと、日本軍は構えたわけです。それが、ふと戦争が終わって、「いったい、俺のこの戦う意欲はどこに持っていけばいいんだ」となったんだと思います。

僕は別に反米でいっているんじゃないんですが、国に帰ってきたときに、世界の権力、特に日本の権力を握っているのはアメリカなわけです。すると、とりあえずは日本共産党とかそういうところに属して、たいしたことはしませんでしたが、火炎瓶を作るぐらいのことはした。さらに、軍隊から流れてきた発射するかどうかわからない古い拳銃を何とか手に入れて、共産党から配られる赤旗のキャンペーン文章、プロパガンダ文章に赤線を引きながら、真面目な青少年は闘わねばならんと、そのためには決起せねばならんとなっていた人物がいたんです。僕とほとんど同世代ですよ。やはり関西は文化水準が高くて、かなり早くからそんな空気が流れていました。僕なんかは、そういうことに気づくのが遅くて、十八、九でしたが、内地のほうは十三、四歳でそういう意識になっていたようです。権力と闘うためには拳銃を手に入れなければならないと。僕は、その話を聞いたときに、そちらにある種の正義の連続を感じるんです。

いまの話で、昔の上海の国民学校で体験した面にこだわってやむをえない人もいるんでしょうが、物事は重層的になっているのであって、歴史の大きな流れの中で物事をとらえると、僕にとっては戦前の軍国主義をしっかりと引き継いでくれたのは、軍隊が勝手に解散した後の、一九五〇年代半ばまでの日本共産党だとなるわけです。僕は、そういう気持ちがどこかにあるんです。自分の話につなげていえば、僕のファシスタの気分というのは、それと類同なんです。

ファシスモとは何か

辻原　ファシスタという言葉は、この本を読んでよくわかったんですが、感情の流れというか、僕の父も含めて、間違いなく反米という意識がありました。その意識がまずあって、それで社会党左派、最終的には毛沢東主義者になってしまったんですから。そうだ、一時、山岸会の代表もしていたようです。山岸会は無政府主義ですが、たぶん、そういう流れがあったんでしょう。もう一つは、先生もおっしゃっているように共同体とか、内と外とか、過去とか、そういうものをどう束ねるかという、そういういわゆるファシスモ——本を読んで初めてわかったんですが——それが戦後を生き抜いた人たちの中にあったんでしょう。

西部　僕はちょっと時期遅れで、残念だったんですが（笑）。

辻原　先生はまさにそれを認識というか、論理的に思想としてとらえておられ、しかも書かれているものは、全部、エッセイですよね。『六〇年安保——センチメンタル・ジャーニー』などにしても、エッセイの形としてのいわゆるファシスモ思想というか、それがこの本でより鮮明になる感じがしました。

西部　ファシスモというのは「束ねる」という意味ですから。よく自動車や飛行機に乗ると、ファッスン・ユア・シートベルトと言われますが、あのファッスンも、しっかり留める、結びつけるという意味で同じです。もっとよく調べると、ファクトリー、工場、さらにはファッション、流行とも同じで、元々の意味はドゥーイング、行う、行為という意味らしいんです。これは、ほとんどアンドレ・マルローにも通じるようなものです。簡単に言えば日本なら道元や西田幾多郎のように、禅寺や書斎にこもって、瞑想するというのも結構かもしれませんが、人間というのは生きている限り、ドゥーイング、行為をするものだということです。もちろん、西田幾多郎も後半生で行為的直観とか言っていますから、彼も気づいたんでしょうけれど。

ただ、やっかいなことに人間の行為はいろんなふうに枝分かれをするんです。女や金の問題に始まって、イデオロギーの問題とか。そうしたものを束ねきれないけれど、あれはあれ、これはこれと分別しっぱなしでは、自分の人格が統合失調症になってしまいます。どこかで、一応の束ねを必要としたいわけです。ところが、束ねの論理というのは社会科学ごときでは提供してくれません。それらは、簡単に言えば、ほとんど専門化していますから。

経済学が冷やかしの対象として利用しやすいんですが、消費者は効用を最大化して、企業は利潤を最大化する、話は以上おしまいで、おいおいと言いたくなります。企業でいえば、利潤の最大化でいいんですが、そのためには部下を訓練したり、部下と酒を飲んだり、部下が失敗したら叱り飛ばしたり、いろんな人間のドゥーイングがあって、初めて人間関係が保たれるわけでしょう。たとえば、そんなふうにして、社会科学は束ねの論理、いや思想、その構えさえ与えてくれないんです。

これは本にも書いたんですが、妹が四人もいて、僕が高校のとき、いちばん気に入っていた二番目の妹を交通事故に遭わせてしまって、ほぼ完全な失語症患者になったんです。自分でギルティ・コンシャスを感じて、かくなるうえは故郷を逃れ、東京くんだりに出奔する以外にない、それが東大に入った最大の理由です。東大に入って勉強する気もさらさらありませんから、ドストエフスキー的気分でいえば、まず逮捕されてみたい、次に刑務所に行ってみたい、まあドストエフスキーのように断頭台に立つまでは度胸が座っていませんでした。彼だって、立ってみたくて立ったわけじゃないんですよね。あれ、断頭台じゃなかったんでしたっけ。

司会　銃殺刑です。

西部　ともかく、そんな気分で東京に出てきて、すぐ後に和歌山の山奥に行ってしまったんですが。やはり、自分の分解していく精神、それをどこかで束ねるためには、勉強も少々必要かもしれないけれど、その前にドゥーイングだろうと思ったんです。ここで、僕は実存主義が少々好きなんですが、自分である行為の判断と決断をして、ある方向に進むとしたら、それがひとつのきっかけになって、自分がそれまで得た情報なり、学問の断片が、その行為をめぐって、ずーっと集まってきて、何かファシスモみたいになるわけです。だから、イタリア・ファシスタの気持ちがわかるのは、西田幾多郎さんなどをからかうわけじゃないけれど、人間というのはドゥーイング、行為、アクションと言ってもいいんですが、アクションへの危険と危機を懸けた決断があって、いろんなものが集まってくるんだと思っているからです。

話はずれるようですが、スタンダールが『恋愛論』で結晶作用と言っていますが、あれと論理的には同じかもしれません。自分はこの女に決めたとなると、一種の結晶作用が起こって、情報だとか気分がずーっと集まってくるという、たぶん、それだと思います。

司会 先ほど辻原さんのお父さんの話が出ましたが、戦中は上海で軍国主義の教鞭を取り、戦後は社会党左派になったと。表面だけ見ると、転向したとか、どうして変わったとかという批判が出てくるわけです。西部先生にしても、六〇年安保のときに全学連で、その後、保守思想家になったというのも、表面だけからすると、転向と受け止められるかもしれません。しかし、そうではなくて、そこにある感情の流れがあるというのが非常に重要なことだと思います。戦後という時代は、どうもそういう束ねられた感情の流れとかを、しっかりと立ち止まって見るスタンスがなかった、じっくり見据えることがなかったような気がします。

辻原 どちらかといえば、排斥してきたんです。

信仰とは何か

司会　そうですね、むしろ退けられてきました。時間が経ったいま、初めていま見られるようになってきたんじゃないでしょうか。

実は、この『ファシスタたらんとした者』の最後に、雑誌『映画芸術』でお書きになった信仰論が載っています。直接には、遠藤周作原作の映画『沈黙―サイレンス』(マーティン・スコセッシ監督、二〇一六年)をご覧になる前に書かれた原稿です。あそこに描かれているのも、転向の問題です。キリシタンのロドリゴという宣教師が転ぶというか、棄教する話です。だけど、転向というか、もっと深い感情の流れ、あの場合は信仰というものの一貫性、誠実性があるわけです。ところが、時代とか表面的に見ればあれは転んだということになります。遠藤さんも監督のマーティン・スコセッシも、そこをくぐり抜けて描こうとしているんです。ですから、西部先生の信仰論と幼いころからの生き方と関わっているのかなと思ったんです。

西部　その問題については、キリスト教徒である富岡さんと喧嘩になるかもしれないと思っているんですが、普通で言う意味での信仰などというものを僕は持てたこともないし、持ちたいとも思いませんでした。しかし、もしも信仰というものに辿り着ければすべてが解決され、うまくいくだろうということはわかります。とは言うものの、辿り着いた覚えは私には一度もありません。ところが、信仰を願望する人というのがいます。

自分のことを言うのは恥ずかしいので、いまは亡き辻原さんのお父さんのことを仮のエグザンプルとして使わせてもらえれば、上海であれ、和歌山であれ、何人かの人間がいて、そこで反米なり反権力として抵抗しようとなり、そのためには正義とやらが必要になってきますから、正義というものがあるとしよう、あってほしいと決めたわけです。コントラクト、契約の前段階にあるものとしてのコヴィネント(covenant)、誓約、盟約がそこに成立するわけです。これは盟約ですから、めったやたらなことでは破棄できません。僕は、信仰というのは、信仰願望者たちの世俗における盟約として成り立つんだと、以前から何となく思っていたんです。書いたのは、今回が初めてでしたけれど。

辻原さんのお父さんのことを例に挙げさせてもらいましたが、だれでもいいんです。五〇年代前半、山村工作隊に行って、農民を教育しようとして嫌われ、ダムに落とされた共産党員も何名かいるというエピソードもありますが、彼らはある状況の中で、コヴィネントを結んだ、これはわかるような気がします。コヴィネントですから、酷い拷問のようなよほどの目に遭わないと破棄するわけにはいかないんです。でも、キリシタンたちが激しい拷問を受けて転ぶことには、何の違和感も持ちません。いまは亡き人で悪いんですが、そもそも僕は遠藤周作の作品を読む気にはなりませんでした。それは、何が信仰だという思いがあったからです。これはブディスト、仏教徒でも同じですが、座禅を組んでいたら悟りましたとか、イスラムなら砂漠を歩いているうちに神との契約を結びましたとか、これらは物語になっていますが、それは嘘だろうと思うわけです。

これも、本に書いていますが、子どものころ、夜中の十二時ごろ一人で歩いていて、満天の星空の下、あれはシリウスでしょうね、きらきらと輝く星、それと三日月、遠くから聞こえてくる狼のような犬の遠吠え、北海道の田舎道ですから全空が見渡せました。あの自然の中でただ一人のとき、自分はいずれこの自然によって罰せられるだろうなと感じはしたんです。中学二年生頃のことです。その感覚は宗教的感覚と言えば言える類のものだったんです。ですから、そういう気分はわからないじゃありません。しかし、大人になれば、自分は何かを信じるのは不可能だろうと思うんです。ただ、信じたことにするぞという盟約は、日本共産党であれ、社会党左派であれ、IS（イスラム国）であれ、いろんなものはあるでしょうが、それは可能だと思います。

司会　『沈黙』のことをあまりいっても仕方ありませんが、信仰を描くことはおそらくできないと思います。文学にしろ、映画にしろ。宗教と文学とよくいいますが、やはり文学は信仰を描くことはできなくて、あの作品もロドリゴという宣教師がイエズス会から裏切り者として扱われるのですが、ヨーロッパのカソリックだけが信仰ではないという、そういうテーマが一つはあると思います。

西部　そうなんですか。まだ原作を読んでいないものですから（笑）。ヨーロッパキリスト教にたいする遠藤さんのプロテストがあるのだと思います。

司会　ですから、ロドリゴは転向したけれども、別な形で死を迎えるわけです。ドストエフスキーが、自分は棺を蓋われるまで不信と懐疑の子であるということを言いながら、まさにそのなかからキリストに向かう作品を生み出しているんです。やはり、文学は信仰を描くものではないというところに根本的なものがあるのかなという、そんな気がしています。

西部　その、文学は信仰を描くものではないということを、もう少し説明してもらえますか。

司会　ギリシャ悲劇でいえば、デウス・エクス・マキーナつまり「機械仕掛けの神」ですむんですが、神や信仰を直接的に描くとなると、西部さんが最初におっしゃった矛盾が回避されてしまっているんです。本当は、信仰だって矛盾を解決できないんです。しかし、それに直面しないと護教文学になってしまいます。もちろん、そうしたものがないわけではありませんが、やはり近代文学は矛盾、葛藤、それが歴史の中をどうくぐり抜けていくか、そこが最も大きなテーマじゃないでしょうか。

西部　自分はこの年齢だから正直にならざるをえないんですが、妹にケガを負わせて深いノイローゼになっていたとき、文学に助けを求めたんです。親父は自分にはなんの関心もないのに、子どもの教育のためと思ったのか、河出書房と文学全集を契約したんです。どんどん送られてくるんです。我が家はだれも読まずに、僕だけが読んでいました。相当、早いうちにドストエフスキーの『悪霊』（一八七三年）が届き、それを読んだんです。いまは、ほとんど覚えていませんが、最も魂を揺さぶられたのはスタヴローギンなんです。徹底した西洋合理主義者で、合理、論理しか信じないわけで、価値観がないんですね。彼は、そのことに気づいて、合理はわかったが自分の人生には意義、価値、意味がないと、ロープに石鹸を塗って首を吊るんです。その場面に異様に興奮しました。それは、自分を仮託したわけではありません。なるほど、こういう危険が自分のまわりに待っているのかと思ったんです。

僕は近代経済学をやっていましたが、合理主義者には一度もなったことがありません。合理の怖ろしさ、スタヴローギンになってしまうぞというものがつきまとっていました。しかし、あれはあれで見事に完結しているんです。くどいようですが、僕が興奮したのは、静かな気持ちで自分が首を吊るロープに滑りやすいように石鹸を塗り、それで平然、粛然と死んでいくという、ある種の近代合理主義の怖ろしさ、それにです。そこに興奮している自分は危ないぞ、そう思ったのが十八か十九のころです。そういう意味も含めて、文学でずいぶんと助けられています。助けられているのか、さらに危険に追いやられているのか、よくわからないのですが（笑）。

文学を棄てようと思ったとき

辻原　文学に助けられることというのは、ありませんが……、助けられたと思わせるのが文学みたいなところがあって、近代の小説にはそういう要素が少ないと思います。物語そのものは、ギリシャ悲劇にしても平家物語にしても人間を救う力はあるんじゃないでしょうか。しかし、それは個人を救うのではなく、集団とかそういうものを救う力です。そこから、救う力をなくすことで近代の小説が生まれてくるわけで、ドストエフスキーなどは近代的な小説家だと思われていますが、古代的な力を持っているんです。トルストイと違うのは、そこでしょう。スタンダールにしても、バルザックにしても、ディケンズにしても、もう完全な近代小説です。それは、西部さんがお書きになっているように、一人の人間の内心、私徳の部分と外部、公徳の部分がどう交流して、そこでいかにバランスを取るかということで、まさに近代の小説はそこをやっているんです。自分が考えていることを、どう実現、ドゥーイングするかという問題を。もちろん、それは矛盾に満ちているんだけれど、考えていること、考えに考え、考え尽くしたことをどう行動に移すかということで、これは恋愛においてもそうです。近代の恋愛というのは、そうした側面があります。

しかし、人間の行為というのは絶対にそんなふうには出てきません。つまり、世の中はこうだから、自分の人生はこうだから、父親はこうだから、女性はこうだからと考えに考えて、では、こうしよう、どっこいしょと、そんなふうにはいきません。でも、そういうふうにいくと仮構するというか、フィクションにするのが近代小説だと思います。最初に自由を置くんです。私は考える、ゆえに吾ありみたいに。思考の自由から行動に移そうとすると、社会の縛りがあるとか、いろんな形で矛盾と向き合って、それらと闘うわけで、まさに、そのこと自体がフィクションなんです。たとえば、ギリシャ悲劇や『平家物語』を考えてみると、最初に自由はないんです。最初には、宿命や神託があるんですが、僕が彼らのほうが見事だと思うのは、最後に自らの宿命を悟って受け入れるところです。これこそが本当の自由だと思います。

司会　そういう意味では、ドストエフスキーも近代小説だけれど違うということですね。

辻原　そうだと思います。ドストエフスキーの作品を読むと、違和感がいつもあるんです。特に大人になって読めば読むほど違和感が募ります。西部さんが十五、六ぐらいでお読みになったとおっしゃいましたが、僕もそうで、そのころだとすんなりと入ってくるんです。それはおそらく、我々の中にある共同体とか望郷の念とか、どこかから切り離されているという、自分一個の問題ではない何かが、アドレサンス中葉期あたりにあるからでしょう、二十五、六になって『悪霊』を再読したとき、しらけてしまいました。連合赤軍事件があった直後でした。僕は別のことをやると決意しました。

西部　またまた読者のために発言しますと、後々、妻になる女性と、自分は刑務所に行くと思っていたものですから、強引に別れたんです。その後、いろんなことがあって、一緒にならざるをえなくなって二十五のときに結婚したんですが、それから七、八年後に連合赤軍事件が起こったんです。かみさんが、「あなたが十年前に私の前から去って行くとき、どうして左翼というものから離れて一人になるのかと聞いたとき、このままいくと訳もわからず人を殺すか殺されるかだ、殺すも殺されるも覚悟のうえだが、訳のわからないというのが嫌だと言った。その意味がようやくわかった」と言ったとき、僕は茫然となったんです。その間の十年間、何をやっていたかといえば、安酒とチンチロリン遊びとちょっとした数学いじりをしていただけなんです。自分がとうに予見していたことについて、何一つ思想的検討を加えないまま、無為に十年間を過ごしてきた。そこから猛然と本を読み始めたんです。僕が多少とも本気で学習というものをしたのは、連合赤軍のおかげかもしれません。あれがなければ、四十過ぎてもふらふらとしていた。ひょっとしたら、そっちのほうが面白かったかもしれないと思うときがないわけじゃないんですが（笑）。

辻原　僕が文学を棄てようと思ったのは二十六、七歳で、連合赤軍事件があったからです。三島由紀夫の自決、そして連合赤軍と父親の死、あの一、二年の間にいろんなことがありました。父親は膵臓がんで七転八倒、二年間、苦しんで死んでいきましたが、そんななかで、「自分はいったい何をやるんだ、文学、文学、文学と中学生の頃からやってきて」と思ったわけです。

実は、それまで一度も働いたことがなかったんです。アルバイトすらしたことがありませんでした。十八歳のころ、小説家になりたいと父親に言ったら、「ルンペンになるで」と言われて、ルンペンになったらええやないかという感じだったんですが、結局、父親のスネをかじって二十四歳ごろまで仕送りで暮らしていました。父親が倒れて、田舎に帰って、一年ぐらい看病したんですが、その間に三島の自決と連合赤軍があったんです。父親が死んだときに、一種の悟りというのか、つまりはすべて文学が悪いんだと、僕が文学にとらわれたからこそ、こういう事態を招いたんだという意識になりました。父親は、一度も働いたことがない長男が看病しているわけですから、情けないと思ったでしょうね。

その後、文学は完全に棄てようと思って、再び上京して中国語の夜間学校に二年半通いました。それで三十歳過ぎてやっと就職したんです。小さな中国貿易の会社に拾ってもらったようなものです。あの頃は、中国語ができる人が少なかったものですから。

昭和四十七（一九七二）年に日中国交回復し、四十九年に日中航空協定が結ばれ、ようやく人の往来が生まれ、経済交流が始まったころです。だけど、それまでは国交断絶で日本の大学生で中国語を学ぶ学生はとても少なかったんです。だから、急に中国語ができる人間が必要になって、僕みたいな二年半、夜間で中国語をやっている人間でもある程度、使い物になるというわけです。就職したのが、西園寺公一氏が日本に帰って作った貿易会社だったんです。初めて給料をもらって嬉しくて、どんなことがあってもこの会社を辞めることはしないと決めました。

西部　ところで、西園寺公一さんというのはどんな方だったんですか。

辻原　西園寺公望の孫にあたる方で、戦前は松岡洋右の秘書としてスターリンと会ったりしています。戦後、ジュネーブで開かれた世界平和会議で周恩来と出会い、周恩来の要請で、北京に移住していたんです。西園寺家は天皇家に最も近い外戚で、そういう立場もあり民間外交の窓口としてということだったと思います。

就職してから一年半ほど経ったころ、突然、自宅に呼ばれたんです。ぺーぺーの僕がなぜだろうと訝りながら訪ねると、「村上くん、君は昔、小説を書いていたそうだな」と、おっしゃるわけです。そして、うちには小説を書くような人間は一人もいらないから、小説を書いたら即刻、馘だよと言われた。彼は、オックスフォードを出ているインテリで、アガサ・クリスティなんかも原書で読むような人なんですが、ともかく、僕は小説を棄てていましたから、わかりました、仕事に邁進しますと辞しました。ここでの仕事がまたつらかったんです。中国語が満足にできないのに、何カ月も中国奥地を回りましたから。

中国マツタケの発見者

西部　一番の奥地はどのあたりですか。

辻原　仕事で行ったのは、長沙で、畳表の藺草《いぐさ》を探しに行きました。もう一つ、昆明のマツタケを探しに山奥まで入った旅もつらかったですね。

西部　えっ、あのマツタケですか?

辻原　実は昆明のマツタケは僕が見つけたんです。

西部　そうなんですか!?　途中で悪いんですが、僕は昆明に行ったことがあって、電信柱に「マツタケアリマス」と日本語で書いてあったんです。あれは、あなたが見つけたんですか（笑）。

辻原　中国人は当時、マツタケは乾燥させて薬にするか、炒めて食べるぐらいで、ほとんど食べていませんでした。あの匂いが嫌だと言うんです。いまは、吉林省でも採れますが、一九八〇年代の初めまで中国にはマツタケがないと言われていました。ところが、僕は北朝鮮と吉林省の国境、白頭山あたりに住んでいた日本人が昔、向こうでマツタケを食べたという話を聞いたんです。聞くと、間違いなくマツタケなんです。そこで最初は吉林省に行ったんですが、彼らは山まで入ったことがなくて知らないんです。持ってきたのはシメジみたいなやつで（笑）。でも、確かにあると思い、昆明はキノコの宝庫で絶対にあると。マツタケは日本ではアカマツの林にできるんですが、そうとは限らないんです。マツタケ菌はカバとか針葉樹とかにも付くんです。日本ではマツタケが出回るのが十月ぐらいなので、それより早く七月か八月に昆明から採ってくれれば大儲けできるとなったわけです。

西部　あのマツタケかぁ（笑）。

辻原　それで行ったら、昆明から車を雇って五時間ぐらい山の中に入ったところにあったんです。

西部　ほとんど、いわゆるシーサンパンナのところでしょう。

辻原　近いですね。

西部　少数部族の山岳民族たちがいるあたりです。

辻原　サンプル輸入したら間違いなくマツタケなんですが、マツタケは採ってから五十時間以内に人の口に入らないとダメなんです。いろんな条件があって、雨が降るとバーッと出てくるんですが、雨の後にすぐ採ってしまうと、十時間ぐらいのうちに腐ってしまうんです。濡れたのはダメで、雨の後は採ってはいけないんです。そうして昆明の飛行場に運んできて、軍のヘリコプターを雇って上海に運び、上海でスイッチして伊丹とか成田にと、そんなことをやっていました。でも、楽しかったな。もう文学を棄てているわけですから（笑）。文学、文学と言っていたときは、生きていることが怖いというか、生きにくかったんですが、棄てたらすごく楽で生きやすく感じていたんです。文学を棄てたら、こんなに生きるのが楽なんだと思っていた途端に、恋愛をしたんです。それがいまの嫁さんなんです。

西部　何だか僕と似ているなあ（笑）。

辻原　『センチメンタル・ジャーニー』を読んだのが三十代の半ばですが、あ、似た人がいる、大先輩がいると思ったものです（笑）。結婚して高井戸のアパートに住んで、当時は日曜日だけが休みで、その朝、家内が焼いてくれたトーストか何かを食べながら、ベランダでパイプを吸っていました。大家さんの庭があって、そこの木に鳥が来て、幸せやなと思ったんです。すると、突然、こんな幸せなのに、なんで書いたらあかんねんという思いが湧いてきたんです。この幸せを書いて、終わりにしようと思いました。それで二年ぐらいかけて書いたのが『犬かけて』（一九八五年）でした。幸せな小説ではなくて、妻が鉄道弘済会の秘密の売春組織に属しているんじゃないかと、ずっと夫が探索していく話なんですけれど。

西部　つまんない話で申し訳ないんですが、中国恐るべしと思ったことについてです。娘が小児喘息で、日本の医者は治せなかったんです。外国暮らしで少しよくなったんですが、日本に戻ってきたら、またぶり返しです。そこで、西武線沿線のどこかに漢方の名医がいると聞いて、訪ねて行ったんです。その年格好からしても、中国で修行した感じなんです。どう考えても、五〇年代のことで国交回復していませんから、小舟で密航したんでしょう。たぶん日本共産党じゃなかったでしょうか。

辻原　伊藤律なんかも、そうですね。

西部　とにかく、その人はたまたま現地で漢方を学んだんでしょう。結論から言いますと、娘を診て、「これは胃下垂です、胃が下がって肺が圧迫されての喘息です」と。鍼四本で治ってしまいました。すごいなと思いました。ついでに、僕もやってもらったんです。連合赤軍以降、勉強を続けていたもんですから全身筋肉痛になっていて、硬直していた筋肉が急にばらけたものですから、気絶してしまったんです。気を失っていた時間はわずかだったでしょうが、本当に天国、色つきの幻覚が頭の中を巡って、本人は何もわかりません。しかし、女房も娘も側にいて、お父さん、あのときは全身、弛緩していたよと言うんです。そこで、足三里に鍼を打っただけで、パッと正気に戻るんですけど。日本の漢方医など及びもつかぬ、さすが本場は違うと思ったものです。

辻原　そういう人は結構、いましたよ。密航で行って戻って、行かなかったふりをしている人が（笑）。

イリュージョンの大切さ

西部　僕のイリュージョンなんですが、二つの密かな願望があるんです。東大を辞めたとき、職業も金もないわけです。すると上司だったある人が、西部さん大変だろうね、本当にやりたいことは何なのと聞いてきてくれたんです。僕は、「ゴーストライターをやりたい」と本気で答えたんです。バルザックは前半生、ゴーストライターで後半生は小説家でした。僕は小説家になる気など、というより能力がさらさらないけれど、せめて後半生はゴーストライターをやってみたいと。その人は、経済同友会の牛尾治朗さんの会長就任演説の草稿を書く仕事をくれたんです。僕は会長になったつもりで書きました。われながら名文だと思ったんです。しかも、冗談まで入れて。牛尾さんは社会工学研究所、略して社工研という組織を持っていたものですから、締めの言葉としてこれからの日本人に必要なものはシャコウケンであると、ただし社工研ではなくて社交圏、日本人はこれから社交の研究をして、みんなで面白おかしく酒を飲み、雑談を交わすという風習を取り戻さねば、日本は単なる金狂い、技術狂いのくだらない国になる。必要なのは社交圏ですと——名文すぎるということで没になりました。ただ、原稿料はもらいましたが、その道は一回きりで途絶えました（笑）。

もう一つは、若いときですが、二重スパイに妙な憧れがあったんです。あの気分はどんなものだろう、ものすごい緊張だろうなと思いました。ウィーンを舞台にしたオーソン・ウェルズの『第三の男』（一九四九年）とかを少年のころに見たせいかもしれません。何が民主主義だ、民主主義はスイス・ジュネーヴの鳩時計しかもたらしていないじゃないかと（笑）。まあ、二つとも幻想で終わりましたけれど、辻原さんの場合は、幻想を超えてリアルライフに近づいていた感じがしますね（笑）。

辻原　僕も、そこにずっぽりじゃありませんから（笑）。でも、友好商社の社員で中国語がそこそこできて、親分が西園寺公一となってくると、中国と密接な関係になって、必然的に二重スパイ的な存在になってしまうんです。否が応でも、両方の仕事をしなくてはいけませんから。マツタケ一つ採るにしても、日本人など行かないような妙な奥地にまで入りますし。

西部　そうか、そういう生活から辻原さんのいろんなストーリーテリングが始まるんですね。

司会　連合赤軍事件が昭和四十七（一九七二）年ですから、あの時期は戦後の日本がまた変わっていく時代ですよね。

西部　変わっていくというより、大雑把にいえば日本的なるものの残滓さえもが抹消された時期だと思います。その前の六〇年代後半まではヤクザ映画が流行ったころです。あれはやはり日本的なるものの最後の表現なんですね。でも、それが終わって三島が死に、連合赤軍事件が起こり、何か日本的なるものの残りカスすらがなくなって、後は金と技術まみれ……。

辻原　どこかで書いたんですが、連合赤軍事件で日本の青春と革命は血にまみれて退場したと。日本的なものもそうですし、明治以降、革命とか青春とか呼ばれていたものが、おそらく象徴的にあそこで日本人の中から消えたんです。しかも、血にまみれて。その血にまみれてというのを見ていかなければいけなかったんです。しかし、そう感じなかった日本人は、すでにかなり多くなっていました。

司会　一九七〇年が三島の自決ですが、実はその年は大阪万博の年でもあったんですね。既に金と技術志向に傾斜し、反米ほか政治的なものが終焉していったんでしょう。

西部　自分の本のことはどうでもいいんですが、ここで何かしら書いて——出版社が帯でも書いてくれたけれど、僕にとってのファシスモ、エトセトラというのはみんなイリュージョンなんです。こんなことが現実になるわけはないけれど、それにしか頭をつなげられない。生活はつながっていないんですが。

辻原　イリュージョンは大事ですよ。これしか生きる糧はないという気がします。この本を読んで同じことを感じたんですが、先ほども言いましたように文学を棄てたらとても生きやすくなったと。それは本当に、そうだったんです。ずっと後に小林秀雄の文章の中に、こんなものを見つけました。文学を通して現実を見ようとするからダメなんだと。文学を一度、棄ててみなさい、そうすれば初めて小説の何たるかがわかると。若い文学志願者に向けての短い文章で、それを見つけて、おお、そうか、そうなんだと思いました。

司会　その後ですね、もう一度、お書きになったのは。

辻原　そうです。

西部　急に福田恆存さんのことを思い出したんですが、福田さんは三十歳半ばまで文芸評論家、批評家として活躍していたんですが、突如として短い文章で、「やめた」というものがあるんです。その後、彼がやった一つはもちろん脚本、そうしてシェイクスピアの翻訳もやっているんですが、後は政治評論です。何かわかったような気がしました。ご本人を前にしてあれですが、辻原さんの小説を読んでいるときに、何か小説じゃないという気がしていたんです。福田さんになぞらえていえば、舞台の脚本を読んでいるような気がしたんです。ドラマトゥルギーというか、ある種の人間関係に発生する演劇的精神、演劇的関係、それを文字にしているんだなと、ずっと思っていました。僕は富岡さんに言いたい！　あなたは社会的には文芸評論家という肩書きになっているんだから、どこかで宣言しなさい、「やめた」と（笑）。

一同　（爆笑）

レトリッシャンとは

司会　連合赤軍を革命と青春の終焉だとおっしゃったんですが、どうなんでしょう、三島もそうですが、何がしか価値というのか、正義でもいいですし、絶対でもいいですが、そういうものがあって、それに向かう熱情があって、その後、それがなくなってきた。そこに何が起こったかといえば特に八〇年代以降の相対主義です。だから、この『ファシスタたらんとした者』の主人公は、壮年以降、相対主義、レラティヴィズムへの戦い、そこから保守思想が出てくるんでしょう。文学もまた、そういう状況と向かい合わざるをえなくなってきたということがあると思うんです。

西部　僕は、確かにそういうふうに書いた覚えもありますが、そう言われると少し仰々しくて。山崎正和先生が、あるとき「柔らかい個人主義」と書かれていて、すべては相対的な関係の中で人間は柔らかい個人主義へと転換していったと。僕はクソ食らえと思い、若造ながら山崎批判の文章を書いたんです。その後、あるところでご本人とお会いしたとき、西部さん、あなたがおっしゃる通りですと言われたとき、それを誤魔化しだとは思いませんでした。彼は満州帰りですよね。書いたものも読んでいて、何だかなあとは思っていたんですが、この人はいろんなことを子どもの頃からわかったうえで、そういう立場を取っているのかと思って、それ以降、山崎批判はピタッと止めたんです。江藤淳さんのように山崎さんを「ユダ」呼ばわりするのにも大きな異和を覚えました。

それはともかくとして、相対主義ではやっていけないから、どうしても絶対をというふうに、レッテル貼りで言いますが、富岡幸一郎的に言われても（笑）、こちらは困るんです。いいですよ、とりあえず絶対と言っても。では絶対とは何だろうなと考えると、いろんな疑問が出てくるというか、訳がわからなくなってしまいます。ごく平凡なところに答えを追い込むと、夫婦の関係とか、数少ない友人との邂逅とか、ちょっとした作品の書き方とか、何の変哲もないといえば変哲もない、しかし、よく考えると微妙に繊細に神経を払わなければならないというのが、ある種のゲマインシャフトなり、職業生活なり何なりにグーッと食い込んでいるという、そちらの方が絶対といえば絶対だと思うんです。ですから、ニーチェのように仰々しく「神は死んだ、人間が神を殺した」と言い、ユーバメンシュ（Übermensch）と言い、自分はスーパーマンだとまでは言っていませんが、それらしい気持ちで山岳に登って吠えられても、こちらとしては困るわけです。

司会　相対主義というのは、この時期から八〇年代以降、情報化とグローバル資本主義が出てきて、時間感覚の喪失が顕著になる。小さな共同体でもなんでもいいんですが、その時間が堆積してくるという感覚がなくなって、空間は拡張される。文学の世界でも小説も言葉である以上、必ず時間を孕まなければならないと思うんです。

西部　その通りで、僕もそういう書き方をしたことがあるから反論もしません。しかし、ハイデガーの言葉でいえば、Zeitligung、時間性でいいんでしょうが、普通、時間が熟すると訳するんですが、それはどういうことか、もっと具体的に教えてとなったとき、お世辞でもなんでもなく、昆明のマツタケは俺が発見したんだという辻原発言、これはものすごい「時熟」なんです。案外、そこでぐるぐる回しになっていて、絶対とか時間とか持続とか、僕も何度も書いていますが、これは何と言われたら、先ほどの辻原さんの、文学をやめて中国貿易会社に入って、中国の奥地でマツタケを発見したという、その時間、ということになってくるんです。だから、僕はひょっとしたら失敗したなと思うのは、そんな依頼もないし、そういうことを書けないし、どうしても理屈っぽくなってしまうことです。自分でも「時熟」とか書いていますが、それは具体的にどういうことだと思い、時々、書いてはいます。けれど自分自身、どこか隔靴掻痒の感が拭えないんです。と同時に、これまた時々、思うんです。いわゆる日本の保守思想なるものを支えたと言われた人たちは、ほとんどが文学系統の人なんです。小林秀雄、福田恆存、田中美知太郎さんもそうでしょう。三島由紀夫さんエトセトラと、こうなります。

時々、残念に思うことは、ヨーロッパの場合、エドマンド・バークでも、フランスのアレキシス・ド・トックヴィルでもいいんですが、英語ではプロゼイック・サウンドネス（prosaic soundness）と言うんですが、散文的健全性。もっと言うとプロゼイックですから退屈なんですが、読むとなぜかじわっと残るものがあるんです。しかも、その中に、いくつかの重要なコンセプト、概念、観念といってもいいですけど、それが記されているんです。概念、観念というと、文学系統の人から見ると、ぎこちなく野暮でつまらないと見えるかもしれませんが、案外、長続きする概念が記されているんです。たとえば、エドマンド・バークでいえば、プレスクリプション（prescription）と言ってのけるんです。スクリプション（scription）は規定ですから、何かを規定するためには前提がなければならない、あらかじめの規定だから、プレスクリプションと、こうなるわけです。その種類の概念がいくつもあって、しかも、それが百年も二百年も持続するんです。トックヴィルでもあるんです。たとえば、「アメリカは現代最初のマス・ソサイエティである」と。デモクラシーではなくマスという単語を使うんです。マスとは何かといったら、砂粒のようなばらばらのものが大量に集まって巨大な集積をなしている、しかし、世論の風が変われば一晩で姿形を変える頼りないものだと、マスという言葉をパッと使う。マスという言葉が、あれからいえば百五、六十年使われているんです。

日本の保守思想を支えた文学者は、ものすごいレトリッシャンが多い。たとえば、小林秀雄さんなど、「人間、生き延びるためには一度、死んでみせなければならない」と。あれは中原中也の恋人であった長谷川泰子さんとの関係でしょうね。なかなかの名セリフです。しかし、コンセプトとは違います。そういうレトリックなら、昔から「身を捨ててこそ浮かぶ瀬もあれ」とかいろいろあります。これは日本の文学者のせいではなく、むしろそれ以外の東大だエトセトラにたむろしていた何とか学者のせいだと思うんですが、彼らは外国輸入の概念だけを振りまいたわけです。しかし、物語もレトリックも実に幼稚な、そういう学者連中が東大、京大をはじめとしてたむろしていたので、それにたいする反発のあまり日本の文学者たちが、そうなったのかなとも考えます。どっちがどうとは言えませんが、僕は成功したとは思わないですが、かなり早いうちから、両方を引き受けたかったんです。僕は、あまりレトリッシャンではないんですが、自分なりの修辞を施しながら、概念をいくつか入れたいと思っていました。それが、僕の文章を読みづらくさせて、非常に評判が悪いんです。

辻原　そうは思いませんが。

西部　圧倒的にそう言う人が多いんです（笑）。

江戸への追憶

辻原　でも、西部さんは、その両方をやりつつある人ですよ。たとえば、江戸の思想家というのはたいしたものでしょう。たとえば、山片蟠桃《やまがたばんとう》だとかは経済とかも飲み込んだうえで思想を展開していますから。戦後の思想家は無視したほうが精神衛生上いいくらいです。西部さんがシュペングラーの言葉を引用している部分がありましたね。芸術家とか文学をやっているんだったら、経営者か技術者になったほうがいいと。

西部　僕が、江戸時代というのはすごいなと気づいたのは遅かったんです。たとえば、伊藤仁斎は江戸時代の前半でしょう。あのときは朱子学が支配的だったのに、それに逆らって日本人の感情をどうしてくれるんだと頑張るわけです。陽明学では中江藤樹、熊澤蕃山。そして国学の本居宣長とくるでしょう。あの時代にありとあらゆる思想のエッセンスが、というよりオルタナティヴつまり選択肢が出ていたんじゃないでしょうか。しかも、中国とは距離を置きながら。ヨーロッパはまだ入ってきていません。入ってきたのはジェスイット（キリスト教）だけで、それも排斥するわけですが、隠れキリシタンとして残った。ともかく本当にすべてが出ているんです。

辻原　賀茂《かもの》真淵などは、完璧に中国語をやって、漢学者がちゃんと中国語を読めていないのはよくないと一種の漢学のルネサンスをやるわけです。孔子の原点から当たらなければならないと、それをちゃんとやるんです。そうした人物が出てきたりしてすごいなと思います。

西部　あの時代の日本は何なんでしょうね。鎖国のおかげというより、地政学的な立地のおかげでしょうね。ひとつの完結したコスモスに近かったんでしょう。そのなかで、いろんな試行実験が行われ、いろんなパターン、タイプが出てきたんです。本当は、あの後、引き受けるべき明治維新後に、江戸時代に出てきたものを包括するという努力が必要だったんでしょうね。福澤諭吉は天才ですから、自然とどこか包括している感じはありますが、感じだけですもの。

辻原　朱子学にたいする理解も一面は正しいけれど、ちょっと違いますから。内村鑑三という人は、漢学にたいする考えはどうだったんですか。

司会　漢学の素養もものすごくあったと思います。明治維新のとき、七歳ぐらいですから、そういう教養はあったでしょう。漱石などもそうですよね。

西部　希望的観測で言うんですが、事ここに至ったら、大金持ちが変なマンションを建てたりするのではなく、残り少ないインテリどもよ集まれ、自分が三カ月に一度、大ご馳走をするから、そこでお前たちの全知全能を絞って面白い議論をしてくれと。これを三十年ぐらいやれば、我が、このどうしようもなくアメリカナイズされ、金と技術と情報しかなくなったこの国もよみがえるかもしれません。大金持ちというのは冗談ですが、本当に、そんなことでもないと、この国はダメですよ。

キルケゴールが一八四〇年に「現代の不安」を書いているんですが、覚えている個所があって、それはこうなんです。コペンハーゲンのパーティの話で、みんなして薄ら笑いを浮かべながら、乾杯、乾杯とやっていて、つまらないと。相手の作品をつまらないと承知していながら、スバラシイとお世辞を言っている。あれは次のパーティで自分の書いたつまらないものを褒めてもらうためにやっているんだと。

いまの新宿の酒場は、ほとんどそれに尽きているんです。ニヒリズムの中でも最も下等なニヒリズムですよ、薄ら笑いを浮かべるというのは。それが日本全国を水浸しにしているんです。辻原さんは七十二歳で、僕は七十八歳だから、あとは富岡さん、若者に託しますよ、どうにかしてください。我々は、あと勝手に生きて、勝手に死ぬだけですから（笑）。

辻原　この本の中で、男性がメタファー、隠喩に傾き、女性はメトニミー、換喩に傾くということが出てきます。メタファーが垂直的で、メトニミーは水平的で、それが交差するという。そこでお聞きしたいのは、亡くなられた奥さんと西部さんは、まさにそういう隠喩と換喩の関係だったのかなと思うんですが。

西部　怖ろしい結論に誘導されてしまいました。仲のいい夫婦だったんです。しかも、相手が僕以上にはるかに文学好きというか、物語好きだったんです。『三国志』（二〜三世紀）とか、『指輪物語』（一九五四年）とか、辻原さんの物語もよく読んでたなあ。一度、それに取りかかると三日も四日もごはんも作らず没頭していました。そんな女性でした。亡くなってからの三年ぐらいは、自分の中にまだいるようで、もしくは自分の半分が取られたような気がしていました。

ところが、半年ほど前に大異変が僕の頭の中に起こったんです。男は女のことはよくわかりませんから、女房の言動について僕が思っていたのは違うかもしれない、自分の思い込みだったのかもしれないと、そういう記憶の再々整理が始まったんです。結論を言います。僕は茫然としたのは、いったい、あの人はだれだったんだということです（笑）。おおげさに言えば、あれだけ仲いいどころか、文章でも『妻と僕』（二〇〇八年）と恥ずかし気もなく書いていながら、そんな女にたいして、最近はあの人はだれだったんだというクエスチョンマークが残ってしまったんです。これはニヒリズムで言っているんじゃなくて、なんだか人間は怖ろしいなと。

辻原　だれだったんだろうというのが、茫漠としてきたわけではなくて、もっと本質的に迫るようなものですか。

西部　彼女のある笑顔、ある一つのセリフを思い出したときに、自分の解釈とは違った笑顔だったんじゃないかなと思うわけです。厳密に考えると、男と女の根源的わからなさが再度浮上してきて、また霧の中に入ってしまった感じです。いや、怖いなと。

まったく、人間というものは

辻原　札幌で別れて、六年経って、友だちから奥さんの手紙が届けられ、そこには翌日、西部さんを待つことが書いてあり、「あなたは来なければなりません」とあったとなっていますが、詳しくそのことをどうしてと聞いたことがありますか。

西部　いやぁ、聞いたことはありません。

辻原　聞けませんよね。聞いたら、終わるような気がして。別に関係が終わるわけではなく。

西部　上野の美術館のカレー市民の群像前ですよ。久しぶりでしたから、向こうも困ったような顔をして、「最近は何をしているの」と聞いてくるわけです。僕は二十四、五のいい歳をこいているのに、何て言ったと思います。「アインシュタインの相対性理論の本を読んでいて」と。あとは何を言ったか覚えていません。僕にとっては一知半解、ましてや向こうはちんぷんかんぷんでしょう。相対性原理の話をカレー市民像の前でやっている、これはまずいぞと電車に乗ったんです。男女の会話はいったい何なんだろう。

辻原　カレー市民像の前で相対性理論の話、それはいいかもしれませんよ（笑）。

西部　そうですか。ま、僕のことはともかく、不可知論者でもニヒリストでもありませんが、いろんな理論や仮説、レトリックも使いますが、最後は結局わからないというものの中にいるんですね。僕にとって、最後にめでたいのは、死ぬるということくらいなのかなあ。そんなことも含めて、深刻ぶらずに、人間はどうもこんなものらしいねということについて、もう少し、各界で会話を楽しむことができれば、若い人たちも楽だろうなと思いますね。

司会　この本は、文体というか一種のヒューモアを感じたんです。それがいままでになかったエッセイの一つのスタイルかなと思いました。これまでの西部先生の散文とも違うなと。

西部　これは、半分、種明かしをしますと、秋山駿先生のせいなんです。あの方が勝手に、芸術選奨をくれたんです。本人から後で聞いたんですが、僕が『妻と僕』というのを書いたら、おそらくご自分のご夫婦の問題も踏まえてのことだと思いますが、妻と僕とはなんぞや、なかなかいいじゃないかと。しかし、ほかの選考委員から、これはジャンルが不明であると。評論なのか小説なのか。それで一年目はキャンセルになったらしいんです。二年目に僕が『サンチョ・キホーテの旅』

（二〇〇九年）を出したら、秋山先生がこれでどうだと、それで決まったということなんです。その選考の弁を遅れればせながら読んだんですが、秋山先生が、西部という男は新しいジャンルを作ろうとしている、と書いてあるんです。僕にとっては迷惑な話です（笑）。あの当時、七十頃でしたから、もうじき人生の日が暮れて深更に及ぶというそんな時期に、新しいジャンルを作ろうとしているなどと言われても、まいったなと思いました。でも、言われたら仕方ないんです。実は、この『ファシスタたらんとした者』は、せっかく秋山先生がそう言ってくれたのだから、それらしき方向で二つ三つ書いてみるかとやったものの一つなんです。

辻原　慰霊の旅の条《くだ》りもいいですよね。パラオとかペリリューも。

西部　戦跡では彼女のほうが真剣でしたね。そういえばかみさんは戦う男たちの物語を読むのが好きでした……。ともかく、人の言葉というのは怖いものです。ばらしますが、小説家の佐藤洋二郎さんから聞いた話ですが、秋山先生から電話がかかってきたそうなんです。佐藤くん、西部くんのことだがね、「アレはアレだね」と。佐藤が、先生、アレってなんですかと聞くと、アレはアレだよ、と（笑）。

辻原　晩年の秋山さんが奥さんとのことを書いた文章はとてもいいですよ。西部さんのペリリューの慰霊の旅でも奥さんが暑いなか、ずっと立っていらっしゃる描写とか、素晴しい。

西部　かみさんか。……でも彼女が死んでも、死んだかみさんの記憶があるから、僕は当分、大丈夫だと高をくくっていたんですが、それから三年半経って、あの人はいったいだれだったんだろうですからね。まったく人間というやつは（笑）。

辻原　究極の問いですね。まったく話が変わりますが、この本のところどころにオルテガの話が出てきますよね。僕も以前、ずいぶん読んだなと思い、どこかにノートを取っていたことを思い出し、探していたら出てきたんです。「ガーデンプロット1」と書いてあり、これは一九八二年のいわゆる読書ノートです。オルテガの『狩猟の哲学』（一九四二年）とか『大衆の反逆』（一九二九年）とかを書き写しているんです。読み直してみると、ちゃんといいところを写しているなと思いました。西部先生の今回の本にも勘所でオルテガが出てきます。僕がノートを取っていたのが三十六歳ごろですから、ちょうど西部先生の『六〇年安保――センチメンタル・ジャーニー』に出会っているんです。オルテガを読んでいたころに西部邁の文章も読んでいたと、不思議な巡り合わせだなと思い、今日はお会いするのを楽しみにしていました。

西部　「オルテガとはあのプロレスラーのことか」くらいにしか思われていなかったこの国で（笑）、先生も僕も、立派だったのか外れていたのか……ともかく今日は、ありがとうございました。僕から要請したい結論は、ありがたくも『ファシスタたらんとした者』を論じていただいたんですが秋山先生を真似て、「コレはコレだな」と（笑）。

（二〇一七年七月五日）

対話としてのアジテーション

富岡幸一郎

西部邁は対話の名手であった。

本書に収録した対談・座談からもそれは明らかだろう。公の場所だけでなく、『表現者』の編集会議や酒場での席などでも、常に積極的に話題を提供しリードされ、自在な対話の展開はまことに見事なものであった。それはしかしたんなる饒舌とか、舌鋒鋭くというのとは違った。時に鋭く相手を糾弾するかのように言葉をくり出すことはあったが、西部氏が大切にしたのは、常に相手との「対話」であり、モノローグではなかった。

ある時代の人々にとって西部邁は稀代のアジテーターとして記憶されている。言うまでもなく東大自治会委員長、全学連の中央執行委員として「六〇年安保闘争」に参加、ブント（共産主義者同盟）の指導者として幾多の修羅場を踏んだからであろう。東大の後輩にあたる評論家の柄谷行人氏などは、西部邁のアジテーションに強烈な印象を受けたと言っている。

私自身はもちろん全学連時代の西部氏の〝アジ演説〟を直に聴くことはなかったが、三十一歳で雑誌『正論』で対談する機会を与えていただき（富岡幸一郎『虚妄の「戦後」』所収）、その後、一九九四年四月に西部氏が主筆となって刊行した月刊のオピニオン誌『発言者』、さらにその後継誌『表現者』（二〇〇五年から隔月刊）に参加し、身近に接することになり、その話法の真髄に触れることになった。

今でも鮮明に覚えていることがある。正確な日付は忘れたが、『発言者』のシンポジウムにパネラーの一人として呼んでいただき、西部氏の基調講演を聴いていたときのことである。ホールは満席だったので控室でマイクの音声を通してであったが、その講演はアジテーションとしか言いようのないものであった。アジテーションとは普通は情緒的な言説で人々をそそのかし動かす、扇動者《アジテーター》のそれである。行動への熱狂をうながす。しかし西部邁の講演はあくまでも物静かな口調で始まり、話はしだいに熱を帯びるが、最後まで沈着さを失うことなかった。にもかかわらず聴衆は、心動かされ身を躍動せんばかりにインスパイアされる。話の内容に共鳴するといった次元のものではなく、文字通り身体的な震撼をもたらさずにはおかないものであった。それは政治的な行動への扇動ではなく、論理的な思索へのアジテーションであった。全学連時代の演説（それは政治集会や国会突入などの騒擾《そうじょう》の場での）と、シンポジウムの講演会という状況的な相違はあるものの、そこには西部邁という語り部のなかでの明晰な一貫性があったと思われる。

それは一つの結論（真実）に至るためのプロセスとしての言葉を大切にするということである。政治の場であれ、文化的な講演会の場であれ、言葉（意味）を共有しうることなく行動をうながすことはできない。そのためには仮説を立て、それを相手に論理的に説明し、反論を呼び起こし、それを再び説得するという緻密かつ繊細な「対話」が、そこで不可欠となるのだ。言いかえれば、それは論理への情熱である。

人間は「会話」という伝統の相続人であり、そこにはおのずからの「会話の作法」がある。この意味では西部邁のアジテーションは、何かを打ち壊そうとする破壊的な革命家のそれというよりも、リフォーム・トゥ・コンサーブ（reform to conserve）、「保守するため改革」としての論理的尖鋭さの別名であったと言ってもよい。保守思想とはしばしば誤解されるような伝統や社会の価値（習慣）を守旧するものではなく、言葉と論理をていねいに展開することで、合意できぬ他者との距離を埋めていく、静かで地味な思考実験の謂なのである。

西部邁の生涯は、この言葉の尾根道を行くことに多くついやされていたように思われる。吃音に苦しんだ少年期から、左翼ラジカリズムの嵐の中での政治活動家を経て、沈黙から発語へ、発語から思想へ、そして思索と行動への一致へと、常に変わらぬ忍耐と情熱が、その広い言語活動の根底にあった。

『発言者』、『表現者』（そして生まれ故郷の北海道で刊行した『北の発言』）は、こうした言論人・西部邁が拓いた、新たな「発語」の可能性であった。西部氏はその後半生をこの言論の「場」の形成に尽力した。

『表現者』刊行の際に、西部氏より私は編集委員代表（のちに編集長）として手伝うようにとの要請を受けた。十年余りの間、『発言者』を月刊で刊行し続けてきた苦労は並大抵なものではないことは、傍目から見てもわかったが、『表現者』も三度も版元を変えて経営実務から各執筆者の原稿確認まで、西部氏がその責任の全般を担われた。身体の不如意をかかえつつ、逝去される直前までその情熱は衰えることがなかった。

私が編集委員に加わりぜひ実現したかったのが、西部邁と同時代を生きるすぐれた文学者との対談であった。文芸評論家として主に文芸誌で仕事をしてきた私は、いわゆる文壇ジャーナリズムの狭さを常に感じることがあった。『発言者』以来、この国では例外的な思想雑誌としての場に参画してきた私は、社会経済学の枠組から出て経済・社会・政治・文化を総合する知性を展開しつつある、西部邁という思想家と文学者との具体的な架橋としての「対話」ができればと願っていた。西部氏は文学への関心も深かったが、通り一遍の文学談義では意味もないし、西部氏もまた〝並み〟の文学論を好みはしないことも明らかだった。

現代文学において最高峰をいく作家といえば、古井由吉であろう。ドイツ文学者であった古井氏は一九七〇（昭和四十五）年に『杳子《ようこ》』という作品を発表、翌年同作で芥川賞を受賞し、以後五十年近い旺盛な創作活動が展開されていく。古井文学の特色は、硬質かつ緊密な抽象度の高い文体に貫かれ、日本の古典文学とも親しみながら近代日本語の新たなスタイルをつくりあげた。本書の巻頭の対談「言葉の危機」においても「文体」の問題が論じられているが、これはただ文学的領域にとどまらず、近代経済学という数量化と合理的計算の閉域を解体することで学問の専門主義を乗り越え、言語論と記号論の地平での世界解釈を目ざしていた西部邁にとっても、「文体」とは何かは、まさに自らの切実きわまる課題であった。

すでに『経済倫理学序説』（一九八三年）で西部氏はこう記していた。

様々な音々の交響つまり様々の専門知の交流を指揮するのは、ほかでもない、解釈者のいわば全存在である。学者、教師、物書き、家庭人としての全存在であり、知覚者、感覚者、認識者、瞑想者としての全存在である。シンフォニイが妙なる音色を奏でるのは稀な例外だと知りながら、それでもなお、及ぶかぎりより広くより深い音々をつかまえようと努める知のプロセスが社会科学の解釈学なのだと思われる。

古井氏との対話は、「文体」というテーマを入口にして、「及ぶかぎり広く深い音をつかまえようと努め」た、つまり人間と社会の全体像に言語論を皮切りに迫ろうとした内容になっている。二〇〇五年十月十二日に行われたこの対談のとき、古井氏は六十八歳、西部氏は六十六歳。新宿・歌舞伎町の料理屋で、両者は初対面ではなかったが、このとき同行した私は、西部氏が対談のためのメモをびっしりと書き留めた紙を懐に持ち緊張の面持ちであったことを、今も思い出す。

二〇一五年二月二十六日の対談は、ＴＯＫＹＯ・ＭＸテレビの『西部邁ゼミナール』（三月十五日、二十二日、二十九日放送）のために収録したものである。この番組は、晩年の西部邁が最も力を注いだ仕事の一つであり、毎回ゲストとして多彩な人々が出演し注目を集めた。西部邁といえば、テレビ朝日の対論番組『朝まで生テレビ！』での保守論客としての舌鋒が有名であるが、西部氏の「語り」の真骨頂は、黒板にときおり文字や図形を描きながらのこのゼミナールの対話のなかにあったと思う。

文芸評論家の秋山駿氏は、二〇一三年十月に八十三歳で逝去されるまでの晩年のおよそ十年あまり、西部氏が最も親愛を抱いた文学者であった。年末に作家、評論家、編集者や新聞の文化部記者たちが集まって秋山氏を囲み食事をし懇談する会が二十年以上続いていたが、あるときから西部氏もこの会合に顔を出されるようになり、秋山氏が亡くなる前年の年末の会でも両氏は親しく話を交わしていた。西部氏にとって秋山駿は得難い年長の友といった感じであったのだろう。

西部邁は思想家としての社会評論をはじめ、西洋近代において近代主義を批判したエドマンド・バークやオルテガ等を論じた著作、また福沢諭吉や中江兆民などこれまで左翼リベラル派によって誤読されてきた日本の論客を、保守の位置から再発見したものなど多くがあるが、ある時期より自伝的な記述スタイルの中に社会論や国家論を展開した著作に精力を注いだ。北海道時代の年少の頃に知り合った、朝鮮人の血をひく極道の世界にあった友人との交流を描いた『友情 ある半チョッパリとの四十五年』（二〇〇五年）、病を得て死の淵にある妻との日々を綴った『妻と僕』（二〇〇八年）、そして遺作となった『ファシスタたらんとした者』（二〇一七年）などである。実はこの西部流自伝を秋山駿氏は高く評価し、ここにこれまでにない新たな言語表現のジャンルがあると指摘した。『内部の人間』（一九六七年）以来、「私とは何か」という問いを批評の課題としてきた秋山駿の存在によって、西部邁の後半の重要な作品の誕生が急がれたと言っても過言ではない。

二〇一一年三月十一日の東日本大震災の直後に、作家の加賀乙彦氏を招いての座談会を企画したのは、各世代の「戦争」体験を通して、この文明の危機的状況を総合的に、つまり文学的人生論としてあらためてとらえてみたかったからである。震災の話は戦争論へとつながり、「戦争という廃墟」はまさしく歴史的な鼎談となったのである。

辻原登氏との対談「物語の源泉へ」、「ファシスモと文学」は、西部邁の『六〇年安保 センチメンタル・ジャーニー』（一九八六年）を愛読したという辻原氏との縦横無尽の対話として、実に興味深い内容となった。とりわけ『ファシスタたらんとした者』をめぐる最後の対談は、二〇一七年七月五日に行われたが、このとき西部邁は自らの最期をすでに定めていたと思われる。政治、文学そして信仰という人生における重要かつ切実なテーマが話題となったが、両氏は常にユーモアを交えながら楽しさの中での語り合いとなった。西部氏は辻原登の作品をよく熟読していたが、またヒューモリストとしての辻原氏自身に深い信頼を寄せていたように思われる。

対談の最後に辻原氏が若いときにオルテガに心酔しノートを取っていたと話されているが、対談の当日、氏はそのノートを持ってこられ、我々に見せられた。細かな字でびっしりと埋められた頁を西部氏は遠慮がちに覗き見て、自身が保守思想の源流としたオルテガの『大衆の反逆』をなつかしむように莞爾《かんじ》と笑った。西部氏のその愉快そうな笑顔を、私は忘れることができない。

本書は評論家・西部邁の自在な「語り」を余すところなく伝えているとともに、その対話力によって、現代日本を代表する文学者たちの貴重な時代への証言となっている。『表現者』の編集に関わった者として、このような一書を刊行できることに、今、深い感慨を覚えるのである。

二〇一八年三月

〈プロフィール〉

西部　邁（にしべ・すすむ）1939年北海道長万部生まれ。2018年1月没。思想家、評論家、経済学者。東大経済学部在学中、東大自治会委員長・都学連副委員長・全学連中央執行委員。横浜国立大学助教授、東大教養学部助教授を経て東大教授、退職。『経済倫理学序説』吉野作造賞、『生まじめな戯れ』サントリー学芸賞・正論大賞、『サンチョ・キホーテの旅』芸術選奨文部科学大臣賞、受賞。『六〇年安保─センチメンタル・ジャーニー』、『妻と僕─寓話と化す我らの死』、『ファシスタたらんとした者』など著書多数。雑誌『発言者』主幹、『表現者』顧問、『北の発言』編集長など。

古井由吉（ふるい・よしきち）1937年生まれ。小説家、ドイツ文学者。『杳子』芥川賞。『栖』日本文学大賞受賞、『槿』谷崎潤一郎賞、「中山坂」『眉雨』川端康成文学賞、『仮往生伝試文』読売文学賞、『白髪の唄』毎日芸術賞、受賞。『古井由吉自撰作品（全8巻）』河出書房新社。

加賀乙彦（かが・おとひこ）1929年生まれ。小説家、精神科医（犯罪心理学。本名小木貞孝)。『フランドルの冬』芸術選奨文部大臣新人賞、『帰らざる夏』谷崎潤一郎賞、『宣告』日本文学大賞、『湿原』大佛次郎賞、『永遠の都』芸術選奨文部大臣賞、『雲の都』毎日出版文化賞特別賞。日本芸術院賞、受賞。旭日中綬章、文化功労者。

秋山　駿（あきやま・しゅん）1930年生まれ、2013年没。文芸評論家。「小林秀雄」群像新人文学賞、『人生の検証』伊藤整文学賞、『信長』毎日出版文化賞・野間文芸賞、『神経と夢想 私の「罪と罰」』和辻哲郎文化賞、受賞。日本藝術院会員。従四位。

辻原　登（つじはら・のぼる）1945年生まれ。小説家。神奈川近代文学館館長。『村の名前』芥川賞、『翔べ麒麟』読売文学賞、『遊動亭円木』谷崎潤一郎賞、『枯葉の中の青い炎』川端康成文学賞、『花はさくら木』大佛次郎賞、『許されざる者』毎日芸術賞、『冬の旅』伊藤整文学賞、日本芸術院賞・恩賜賞、紫綬褒章。

富岡幸一郎（とみおか・こういちろう）1957年生まれ。関東学院大学文学部比較文化学科教授、鎌倉文学館館長。『戦後文学のアルケオロジー』、『内村鑑三 偉大なる罪人の生涯』、『仮面の神学 三島由紀夫論』、『使徒的人間 カール・バルト』、『非戦論』、『最後の思想 三島由紀夫と吉本隆明』、『川端康成　魔界の文学』、『虚妄の「戦後」』など著書多数。

西部 邁 発言① 「文学」対論

2018年5月10日　初版第1刷印刷
2018年5月20日　初版第1刷発行

著　者　西部　邁
発行人　森下紀夫
発行所　論 創 社
〒101-0051 東京都千代田区神田神保町 2-23　北井ビル 2F
TEL : 03-3264-5254　FAX : 03-3264-5232　振替口座　00160-1-155266
装幀／宗利淳一
印刷・製本／中央精版印刷
組版／フレックスアート
ISBN978-4-8460-1715-6